누군가
함께라는 것만으로

우리는
괜찮을 것이다

누군가
함께라는 것만으로

우리는
괜찮을 것이다

이하영 에세이

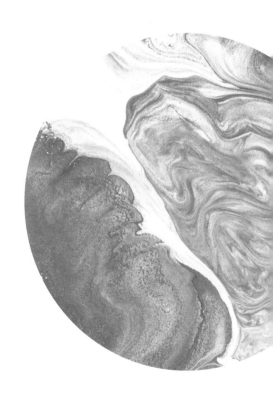

바다가 건네는
반짝이는
위로의 말들

페이퍼스토리

삶이 일렁이는 바다,

바다는 상처를 핥는 고양이처럼

내 마음을 어루만진다

Ocean Cinema

차례

Grand Blue · 순풍에 돛 단 듯한 삶은 없다

Deep Blue · 바다는 모든 걸 받아들인다

Light Blue

우리는 아직 살아 있으니까,
삶이라는 바다 위에

그 때 는   따 뜻 했 고

지 금 은   쌀 쌀 하 다

작은 아씨들

봉준호 감독의 영화 〈기생충〉이 아카데미 9개 부문에 후보로 오르는 바람에(무려 4개 부문 수상!) 할리우드의 2020년 아카데미 시상식은 여느 해와 다른 관심을 받았다. 〈기생충〉과 함께 후보로 지목된 다른 작품 중에 눈에 띄는 건 그레타 거윅Greta Gerwig의 〈작은 아씨들Little Women〉(2019). 〈기생충〉처럼 압도적인 새로움을 보여주는 일도 어렵지만 이미 여러 번 영화화된 고전 작품을 새롭게 내놓는 것도 쉽지 않은 일이다. 그래서 더 궁금했다. 21세기의 〈작은 아씨들〉은 우리가 잘 알고 있는 마치 가문의 자매들 이야기를 어떻게 들려줄까.

새로운 '작은 아씨들'

◇◇◇◇◇

그레타 거윅의 〈작은 아씨들〉은 소녀들이 어른이 된 지금의 시점에서 이야기를 시작해서 어떤 사건이나 소재를 계기로 과거로 돌아가 어린 시절의 추억을 환상적으로 불러낸다. 현재와 과거를 왔다갔다하지만 그리 혼란스럽지 않게 이야기를 감상할 수 있는 것은, 화면의 온도 차 때문이다. 현재의 화면은 차갑고 어두운 빛이 감돌고, 과거는 따뜻하고 밝다. 이것은 우리가 느끼는 일상의 온도 차이기도 하다.

현실은 춥고 외롭고 힘든데 과거의 기억은 어슴푸레하지만 아름답고 따뜻한 기억으로 가득하다. 그리고 또 하나, 새로운 버전의 〈작은 아씨들〉에는 바다가 있다.

'작은 아씨들'의 바다

◇◇◇◇◇

영화에 나오는 바닷가 장면은 메사추세츠주 입스위치의 크레인

비치에서 촬영된 것이라고 했다. 크레인비치는 세계 10대 해변으로 꼽힐 정도로 아름답다. 영화는 이 해변에서 두 개의 장면을 촬영했는데, 기억 속의 바닷가와 현실의 바닷가가 명확하게 대비되어 깊은 인상을 남긴다. 기억 속의 바다는 푸르렀고 햇살은 부드럽게 비쳤으며 기온은 온화했다. 어리고 건강한 네 자매는 소박하지만 한껏 멋을 낸 모습으로 새로운 친구들과 함께 연을 날리며 논다. 바닷물에 발가락을 담그기도 한다. 기억 속에서 아름다움과 행복이 한없이 증폭되는 이 바다는 현실로 돌아오면 삽시간에 어두워져버린다. 둘째 조가 동생 베스와 함께 해변에 앉아 바다를 바라보고 앉아 있는데, 같은 바다라고는 믿기 어려울 정도로 분위기가 다르다. 한낮인데 하늘은 어둡고 바람이 분다. 죽음의 그림자가 드리운 베스와 수심이 가득한 조가 서로에게 기대고 있다. 둘 다 입은 옷이 허술해서 너무도 추워 보인다. 담요를 들고 화면 속으로 들어가서 덮어주고 싶을 정도다.

어쩌면 저마다의 인생이 모두 그 두 가지 풍경의 바다를 배경으로 하고 있는 건지도 모르겠다. 한없이 아름다운 추억의 바다가 있고, 을씨년스럽고 희망이라곤 보이지 않는 어두운 현실의 바다가 있다. 절망적인 현실의 바다 앞에서 버틸 수 있는 건, 그래도 따뜻했던 기억 속의 바다가 아직 가슴속에 살아서 파도치고 있기 때

문이다. 어깨를 빌려 기대 울 수 있는 사랑하는 사람이 있기 때문
이다.

19세기 미국, 전쟁 그리고 소녀들

◇◇◇◇◇

그레타 거윅 감독의 〈작은 아씨들〉은 원작 작가 루이자 메이 올컷
이 실제로 살았던 매사추세츠주 입스위치와 콩코드에서 촬영되
었다. 콩코드는 헨리 데이빗 소로가 『월든』을 썼던 곳이자 초월주
의자들의 근거지로 잘 알려진 곳이다. 작가 루이자 메이 올컷도 그
영향 속에 자랐는데 그 흔적이 그녀가 쓴 『작은 아씨들』 속 마치
가문 사람들의 면면에 거울처럼 비치고 있다. 그들은 허례허식을
싫어하며 허영심을 경계하고, 정신적 경건함과 소박함 속에서 의
미와 가치를 찾는 태도를 소중히 여기며 책임감 있는 자유와 영혼
의 성장을 지속적으로 추구한다. 지금 우리에게도 귀감이 될 만한
삶의 태도를 따스하고도 감동적으로 보여주고 있는데, 소설을 읽
어본 사람이라면 『작은 아씨들』의 인상적인 첫 에피소드를 기억
할 것이다.

　이야기는 선물 없이 보내야 하는 우울한 크리스마스날 아침에
시작된다. 첫째 메그가 불평을 터트린다. 크리스마스를 선물 없이

보내야 하다니, 가난한 게 정말 싫다고 투덜대는 대사로 시작한 이야기는 자매들이 힘을 합쳐 어머니께 드릴 선물을 마련하고, 가난한 이웃을 돕는 등 선행을 하여 결국은 모두가 행복하고 감동적인 교훈을 얻은 크리스마스를 보내게 되었다는 것으로 마무리된다. 전쟁터에서 싸우고 계신 아버지를 비롯해 다들 희생하며 어려움을 견디는데 자신들도 뭔가를 해야 한다는 깜찍한 생각을 자매들끼리 나누는 대목을 어릴 적에 읽을 때는 어쩐지 비현실적이다 싶었는데 어른이 되어 다시 읽고 있자니 가슴이 뻐근하도록 감동이 몰아쳐왔다.

소설은 이렇게 사랑스럽고 교훈적인 에피소드의 연속으로 이루어져 있다. 어머니의 감상적인 설교 대목이나 작가 지망생 조가 습작에 늘어놓은 장광설에는 잠깐씩 졸음 포인트가 있긴 해도 자매들의 소소한 갈등과 번뇌 그리고 성장통이 이토록 달콤하게 그려진 책은 정말 드물다. 그래서인지 지금까지도 단 한번도 절판되지 않고 전 세계 소녀들에게 널리 읽힌다.

남북전쟁이 한창이던 시기. 아버지는 전쟁터에 있고, 어머니와 네 딸은 경제적으로 어려운 상태에 놓여 있다. 이들은 서로를 의지하면서 정직과 신의, 헌신과 낙관으로 현실을 헤쳐나가며 마침내 각자의 행복을 찾아간다.

'작은 아씨들'과 21세기

◇◇◇◇◇

이 이야기는 세월이 흘러도 변함없이 '바람직한 소녀 성장기'의 끝판왕 자리를 차지하고 있긴 하지만 특유의 청교도적이고 가부장적 시대정신 때문에 지금의 관객들에게는 외면받을 요소도 다분하다. 감독을 잘못 만났다면 시대착오적인 촌스러움의 끝판왕이 되었을지도 모른다. 그러나 그레타 거윅은 그런 우려를 유쾌하게 깨뜨리고, 원작에 충실하면서도 지극히 모던한 오늘의 〈작은 아씨들〉을 보여주었다(개인적으로 이 작품이 각색상을 못 탄 게 안타깝다).

아름답지만 허영심을 경계하는 법을 배워야 하는 메그, 똑똑하지만 직설적이고 급한 성미 때문에 실수가 많은 조, 천사 같은 심성으로 모두를 감화시키지만 학교에 못 다닐 정도로 내성적이고 몸이 약한 베스, 재능도 꿈도 많지만 가족의 사랑에 집착하는 막내 에이미. 저마다 눈부신 장점이 있고, 동시에 가끔 그것을 가리는 단점이 있다. 모두가 빈틈을 가지고 있지만 자매들은 서로가 서로를 봐주고 챙겨주고 메워준다. 감독의 섬세한 연출을 통해 더욱 찬란한 개성을 부여받은 네 자매의 캐릭터와 그들의 서사가 가리키는 것이 '혈연에 기반한 가족 공동체의 중요성'이 아님을, 현대의 관객들은 충분히 이해한다.

메그와 조, 베스와 에이미는 (즉, 세상의 모든 아이들은) 그저 자신이 가진 본성대로 하루하루 잘 지내면서 한껏 피어나기만 하면 되었다. 아프게 가지치기를 해야 하는 때나, 웅크린 채 어둠을 견뎌야 할 때도 있지만 결코 혼자가 아니란 걸 알고 있었고, 도움을 청할 믿을 만한 사람들이 항상 곁에 있었다. 세상에 대해 그런 신뢰를 가질 수 있는 사람은 타인에게 그런 신뢰를 보여줄 수 있는 사람이다. 〈작은 아씨들〉의 변함없는 미덕이 바로 거기에 있다. 과거에나 현재에나 바다는 여전히 푸르지만, 21세기 오늘의 바다에는 뭔가 좀 부족하다. 이웃에 대한 폭넓은 이해와 따뜻한 연대, 조건 없는 헌신 등 함께하는 삶에 맛을 내는 소금들 말이다(각자 입맛에 맞는 소금이 있을 것이다).

우리의 해변에는 사랑이라는 햇살이 좀 더 필요한 것 같다.

우 리 가

상 상 해 야   할

사 랑 의   미 래

체실 비치에서

영화가 시작되면 아름다운 바닷가와 그 해변을 걷는 연인들 모습
이 보인다. 잉글랜드 남부 도싯주의 아름다운 해변 체실 비치는 그
무엇 하나 걸리는 것 없이 사방이 탁 트여 있고 날렵한 새가 날아
다닌다. 그림 같은 그 바닷가를 남자와 여자가 나란히 걷고 있다.
해변은 모래밭이 아니라 조약돌로 이루어져서 걸음마다 달그락
달그락 조약돌 부딪는 소리가 들릴 법도 하겠지만 서로에게 푹 빠
져 음악 이야기를 하는 두 사람에겐 조약돌 소리는커녕 발바닥이

아플 겨를도 없는 것 같다.

이 해변에서는 조약돌 크기를 보면 자신이 어디쯤 있는지 알수 있다고 한다. 바닷물에 많이 시달린 돌과 그렇지 않은 위치에 있는 돌은 크기도 색깔도 다르겠지. 이 다정한 연인은 어느 물결에 실려온 조약돌 한 쌍일까. 햇살을 듬뿍 받아 따뜻하고, 고운 파도 거품의 손길을 받아 매끄러운 두 조약돌이 쉴 새 없이 재잘댄다.

그 바닷가에 근사한 호텔이 하나 있고, 이 젊고 아름다운 연인은 여기로 신혼여행을 온 참이다. 이상할 것은 아무것도 없었다. 에드워드는 런던 유니버시티 칼리지에서 역사를 공부하고 수석으로 졸업한 건강한 청년. 플로렌스는 영국 왕립음대에서 바이올린을 전공했다. 교내 최고 연주자들로 구성된 실내악단의 리더인 그녀는 아직 어린 나이지만 자신의 음악적 삶에 대한 구상이 뚜렷한, 타고난 예술가다. 에드워드는 척 베리Chuck Berry는 좋아해도 클래식은 잘 모른다. 플로렌스는 역사를 잘 모르지만 정치와 권력에 흥미를 느낀다. 핵군축 캠페인 모임에서 처음 만났던 이 둘은 서로의 다른 점에 반하고, 열정의 온도가 비슷함에 이끌렸을 것이다.

보수적인 영국 사회의 전통이 비틀스로 상징되는 새로운 세대에 의해 흔들리기 전이었다. 갑갑한 전통의 고리에서 벗어나 새로운 세상을 만들고자 하는 젊음의 목소리가 터져나오기 전이었다.

에드워드는 녹록치 않은 가정환경 속에서도 엘리트 교육과정을 충실히 밟았다. 플로렌스는 사업가 아버지와 교수 어머니 사이에서 유복하게 자라났지만 독립적인 자기 세계를 만들어갈 줄 알았다. 이들에게 부모세대의 전철을 밟지 않겠다는 자의식은 본능 같은 것이었다. 그러나 이들에겐 언어가 없었다. 자신이 원하는 것이 무엇인지를 다른 사람이 이해할 수 있게 표현할 언어 말이다. 지금껏 그 누구도 말한 적이 없었으므로. 비틀스의 음악이 신세대를 대변하고 영국의 공기를 완전히 뒤바꾸기 전까지 그들은 종종 숨통이 막히는 답답함에 몸서리쳐야 했다. 자신의 뒤통수를 잡아채는 무언가, 발목을 잡고 팔을 붙드는 강렬한 힘을 무어라 말해야 할지 몰라서 혼란스러운 연인들. 눈앞의 뿌연 안개를 걷어내고 싶어도 그것을 말하는 법을 배우지 못해 답답한 청춘이 신혼의 첫날을 맞이했다.

그녀는 왜 입을 다물었을까

◇◇◇◇◇

플로렌스의 아버지는 성공한 사업가다. 아들이 없는 그는 사위가 될 에드워드에게 일을 가르치려 한다. 역사를 공부하면서 강력한 리더에게 매혹된 바 있는 에드워드에게 플로렌스와의 결합은 이상적이었다. 그가 현실에서 자본과 권력의 힘을 일궈볼 좋은 기회가 되어줄 것이었다. 게다가 플로렌스는 지극히 고전적이면서 또한 현대적이다. 그녀는 전통적인 아내 역할에 충실하면서도 모던한 감각을 놓치지 않을 것이다. 에드워드가 무엇을 상상하건 그보다 더 높은 만족을 그녀는 넘치게 가져다줄 것이 분명했다. 플로렌스는 에드워드에게 따뜻하고 풍요롭고 아름다운 것들을 채워줄 수 있는 자기 자신에게 만족했다. 에드워드는 플로렌스가 줄 수 있는 것들의 가치를 아는 남자다. 그것으로 충분했다. 그런데 플로렌스에겐 말 못할 고민이 있었다. 에드워드가 기대하지 않은 것까지 줄 수 있는 플로렌스지만 단 하나, 이십대 초반의 젊은 남자가 신혼 첫날밤에 기대하는 것에 자신이 없었다. 그 원인이 누구에게 있는지 플로렌스는 잘 알고 있다. 하지만 에드워드에게 다른 것은 다 말해도 그것만은 말할 수 없었다. 그들의 현재와 미래에 물질적 토대가 되어줄 아버지를 부정할 수가 없었다. 다른 가족들에게 상처를 줄 수도 없었다. 그녀의 불안은 점점 더 심해졌지만 그녀의 입은 점점 더 굳게 닫혔다. 그 무엇보다 두려운 건 에드워드가 실망하는 것이었다. 그가 실망하는 얼굴을 마주하고 싶지 않았다. 언젠가는 그 얼굴을 보게 될 거라는 걸 알면서도 최대한 미루고 또 미루었다. 우리는 알고 있다. 사랑하는 사람을 실망시키는 것만큼 고통스러운 일은 없다는 걸. 마침내 파국의 시간은 오고야 만다는 것도. 돌이킬 수 없는 완전한 결별로 이들의 신혼 첫날은 어둠이 내리기도 전에 끝나버리고 만다.

체실 비치에서 돌아서다

◇◇◇◇◇

에드워드에게 플로렌스는 너무도 완벽한 짝이다. 플로렌스와 에드워드는 서로를 자신의 심장처럼 느낀다. 그래서 위험했다. 아주 조그만 공격에도 큰 충격을 받게 되므로. 그렇게 가슴 터질 듯한 사랑으로는 오래 함께할 수가 없다. 터질 듯한 가슴으로 연애는 할 수는 있지만 결혼생활은 할 수 없다. 일상을 함께할 사람은 나에 대한 과도한 기대를 가진 사람보다는 나를 다소 과소평가하는 사람이 편안하다. 나를 만족시키기 위해 전전긍긍하기보다는 때로 실망시키더라도 다음에 만회할 수 있다고 자족하는 뻔뻔함이 낫다. 결혼은 그런 사람과 하는 것이다. 긴장감 없이 자연스럽게 대할 수 있는 사람, 서로에 대한 기대치가 높지 않아서 체념해버린다 해도 별로 아쉽지 않은 그런 사람과⋯⋯. 내가 좀 모자라고 부족한 데가 있어서 상대의 어깨에 기대는 것이 미안하지 않은 사람, 내가 감당할 수 있는 힘을 가진, 예측 가능한 사람. 나는 열렬히 사랑하지는 않는 사람, 엊그제 맞선에서 만났는데 썩 좋다고도 나쁘다고도 할 수 없는 그런 사람과 결혼한 이모, 삼촌, 언니, 친구들을 이제는 이해할 수 있다. 생활은 세차게 뛰는 심장으로는 지속할 수 없는 것이다. 상대를 향한 사랑만큼 스스로를 착취하는 생활은 자신이 계획한 삶을 온전히 이어갈 수 없게 만들 것이므로.

체실 비치에서 등을 돌리고 떠나간 플로렌스는 자신이 꿈꾼 대로의 인생을 살았다. 인생에 대한 전체적인 조망이 있는 그녀에겐 가슴 뛰는 사랑과 피를 끓게 하는 혁명보다 잘 조율된 일상과 균형 잡힌 평화가 더 소중했다. 영화 〈체실 비치에서On Chesil Beach〉(2017)를 본 많은 사람들이 마르셀 프루스트의 「가지 않은 길」을 이야기했다. 나는 이 영화를 본 사람들과 사랑의 온도에 대해, 오래도록 지속할 수 있는 사랑에 대해 이야기하고 싶다. 체실 비치의 조약돌처럼 다양하고, 체실 비치에서 바라본 바다처럼 잔잔히 흐르는 사랑. 어쩌면 그것이 우리가 상상해야 할 사랑의 미래인지도 모른다.

누군가

함께라는 것만으로

우리는

괜찮을 것이다

테스와 보낸 여름

2020년의 여름을 마스크를 벗지 못한 채로 맞은, '한번도 겪어보지 못한 여름'이라고들 했지만, 어느 여름인들 겪어본 여름이었을까. 여름마다 처음 겪는 일들은 늘 일어나곤 했다. 나이가 들수록 이번 여름의 다름이 주는 생생함이 오래 지속되지 않고 희미해진다는 것뿐, 해마다 '변함없이 돌아오는 계절'은 언제나 다르기 마련이라는 것만은 변함이 없다. 여름에 관한 어린 시절의 기억은 언제나 '방학'과 닿아 있고, 그 시간들 중에서도 집을 떠나 지낸 며칠

이 비교적 생생하다. 일상에서 벗어나 낯선 환경에서 새로운 세계와 마주친 충격은 세월이 아무리 흘러도 좀처럼 사라지지 않는다.

까마득히 멀어진 날들

◇◇◇◇◇

열 살 소년이 보낸 여름휴가를 그린 잔잔한 영화를 보며, 중년의 나는 오랜만에 아찔한 충격에 휩싸인다. '가족끼리 최대한 같이 있기'가 휴가의 목표인 가장의 확고한 다정함도 그렇거니와 서로 모르는 사람들이 금세 가까워지며 '추억을 수집'해나가는 잔잔한 풍경들이 너무도 새롭게 느껴진 거다. 지금의 우리에게는 꿈꾸기 어려운 일이 되어버린 일들이 천연덕스레 펼쳐지는 영화 속 장면들이 낯설었다.

코로나19가 아직 오지 않았던 시절의 지구에서 만든 마지막 영화라도 되는 것처럼, 호들갑스럽게 주변 사람들에게 권하게 되는 영화, 〈테스와 보낸 여름My Extraordinary Summer with Tess〉(2019). 네덜란드의 신예 감독과 어린 초보 배우들이 함께한 이 작품은 2019년 유수의 영화제를 휩쓴 신작이지만, 관객들은 머나먼 과거의 향수 어린 고전을 보는 느낌을 받을지도 모른다. 전 지구적 재난은 이렇게 시간의 부피를 왜곡시킨다.

외로움 적응 훈련

◇◇◇◇◇

열 살 소년 샘이 가족들과 함께 여름휴가를 보내러 온 곳은 네덜란드의 작은 섬 테르스헬링이다. 아름답고 평화로운 이 섬에서 보내는 일주일이라는 시간 동안 가족들끼리 꼭 붙어 있기를 아버지는 원했다. 편두통이 심해 조용히 지내고 싶어하는 어머니와 첫날부터 발목이 부러져 휠체어 신세를 지게 된 형이 원하는 건 뭘까. 아마 알 수 없을 것이다. 가족들이 샘의 마음을 모르듯이. 요즘 샘의 관심사는 '죽음'이다. 그런 샘 앞에 죽음 같은 건 모른다는 듯 통통 튀는 섬 소녀 테스가 나타난다. 테스 역시 무언가에 푹 빠져 있다. 둘 다 엉뚱하기로는 누구도 따를 수 없지만 그 엉뚱함의 색깔이 참 다르다. 샘이 생각에 빠져드는 스타일이라면 테스는 행동으로 세계를 끌어당긴다. 하지만 그 '다름' 때문에 둘은 최고의 단짝이 되어 섬을 누비며 평생의 추억을 만들 수 있었다.

죽음을 명상하는 소년 샘은 자기만의 프로젝트가 있었다. '외로움 적응 훈련'이라 이름한 그 프로젝트는 매일 조금씩 혼자만의 시간을 늘려가는 것으로 첫날은 두 시간, 다음 날은 세 시간, 이런 식으로 늘어나 휴가의 마지막 날에는 열두 시간을 혼자 있게 계획되어 있다(코로나 19 자가격리에 대한 훈련으로는 썩 탁월하다). 샘은

이 계획을 엄격하게 지키려 노력했지만 테스가 아빠를 만나는 일을 도와주고 가족들과 축제에 가느라 이틀을 양보해야만 했다.

섬을 떠나기 전날 아침이 되자 샘은 비장하게 쪽지를 써놓고 집을 나선다. 열 시간 이상 혼자 지내는 미션을 성공하려면 서둘러야 한다. 이른 아침의 바다는 물이 빠져 뻘이 끝없이 드러났다. 한참을 걸어들어가다 망원경으로 하늘의 새를 넋을 놓고 바라보았다. 어느새 밀물이 들어와 무릎까지 물이 찼다. 돌아가려는데 발이 빠지지 않는다. 주변을 둘러보니 아무도 없다. 아무리 힘을 써도 발이 안 빠진다. 자기가 제일 마지막에 죽게 된다는 생각에 외로움을 견디는 훈련을 해왔는데 오히려 제일 먼저 죽게 되다니 어이없어하는 샘의 표정 위에 아득한 공포가 피어오른다. 바로 그때 노인의 외침 소리가 들려왔다. 그는 금방이라도 울음을 터트릴 것 같은 샘을 향해 달려와 뻘에 빠진 발을 빼내주고 자신의 오두막으로 데려가 따뜻한 차를 타주었다. 사랑하는 사람을 떠나보내고 혼자 남겨지는 삶에 대해 품고 있던 샘의 막연한 두려움이 노인과의 대화 속에서 깨끗이 씻겨내려갔다.

자유롭게 날아다니는 새에게 마음을 빼앗긴 소년은 발이 뻘에 박히는 것도 빠른 속도로 밀물이 들어오는 것도 느끼지 못한다.

고독한 날들에 필요한 건 함께한 추억

◇◇◇◇◇

무언가에 마음을 빼앗겨 외로움조차 잊은 그런 시간을 나도 알고 있다. 다시 그런 시간 속에 빠져들 수 있을까, 그럴 수 있다면 과연 무사히 돌아올 수 있을 것인가 자신이 없다. 문득 정신 차리고 주변을 돌아보았을 때 내 눈에 닿는 다정한 얼굴이 있을까? 내 소리에 응답해줄 귀에 익은 목소리가 있을까? 그게 누구일까? 여전히 막연하고 두렵기만 하다. 그 두려움을 알기에 내 주변 사람들이 비슷한 걱정을 하면 단호하게 말해준다. 내가 있을 거라고. 내가 대답할 거라고. 꼭 내가 아니더라도 누군가가 있을 것이다. 그러면 우린 괜찮을 것이다. 아무리 사람들 사이의 거리가 멀어진대도, 현실이 우리를 움쭉달싹 못하게 놔주지 않는대도, 누군가 함께라는 것만으로 우리는 괜찮을 것이다. 그게 우리가 행동으로 끌어당겨야 할 미래다. 샘이 테스에게 그랬던 것처럼, 테스가 샘에게 그랬던 것처럼, 밀물이 밀려오는 그 아침에 그 노인이 했던 것처럼, 샘의 가족들이 언제나 그런 것처럼.

7 대 양 의 분 노 를

보 여 주 겠 다

아쿠아맨

호주의 바다를 본 적이 있다. 2018년 봄, 난생처음 남반구로 가서 남극을 향해 열린 바다를 보았다. 그 아름다운 해변들을 돌아보다 보면 너무나 광활하고 또한 아름다워서 그 파란 세계 속에 우리가 모르는 거대한 세상이 생생하게 돌아가고 있을 거란 느낌이 일었다. 그 세계에서 육지란 그저 지친 파도가 가끔 몸을 기대러 오는 언덕이나 고목 같은 것이 아닐까, 하고 생각했다. 제임스 완 감독의 영화 〈아쿠아맨AQUAMAN〉(2018)의 작가들도 그런 생각을 했나보다. 그 옛날엔 번영을 구가했지만 물에 잠겨 사라진 전설의 왕국 아틀란티스가 실은 완전히 사라진 것이 아니고, 우리가 모르는 사이 물속에서 새로운 세계를 이루었다는 가정은 고개를 절로 끄덕이게 할 만큼 참신하다. 그렇다면, 물속 세계에 적응해 살아남은, 더 강하고 자유로운 인간들이 바라본 육지의 세상은 어떤 모습일까.

아쿠아퀸의 방문

◇◇◇◇◇

우리를 타자화한 존재의 시각(물론 이것도 우리가 상상해낸 것이지만)을 우리의 언어로 접할 수 있다는 것이 신화나 판타지 세계의 매력일 것이다. 물론 물속 인간이 육지 사람과 만나는 이야기가 새로운 것은 아니다. 사이렌의 신화를 비롯해서 우리가 어릴 적부터 듣고 읽고 보았던, 슬픈 운명의 인어공주 동화 등 전해오는 이야기가 많이 있다. 21세기의 SF액션 영화 〈아쿠아맨〉에서 물속 인간의 등장은 익숙하면서도 낯설다. 마치 '비너스의 탄생'처럼 파도가 일으키는 거품 속에서 나타난 그녀는 마녀에게 목소리를 팔지 않았고 두 다리며 목청이 멀쩡하며 영어마저도 유창하다. 자신을 '프린세스'라고 하지 않고 '퀸'이라고 하는 그녀가 육지의 인간 앞에 모습을 드러낸 곳은 1985년의 엠네스티 베이라는 가상의 공간인데, 실제 촬영은 호주 브리즈번 시티 남쪽의 해변, 헤이스팅스 포인트에서 이루어졌다. 이 해변은 뉴욕 같은 대도시도 아니고 지중해처럼 신화시대 이야기가 풍부하게 남아 있는 곳도 아니다. 문명의 발길이 닿은 지 오래지 않았고, 아직은 아무 이야기도 없는 곳이다. 21세기의 신화가 탄생하기에 그만인 곳이랄까. 이곳에서 그녀가 처음 접촉한 육지의 인간은 등대지기다. 왕도 왕자도 아닌 등대지기에게 여왕은 무엇을 기대하고, 무엇을 말하러 온 것일까. 바닷속 왕국끼리의 정략결혼을 피해 최대한 멀리 달아나 육지에서도 가장 외딴곳에, 그리고 가장 외롭게 존재하는 남자 인간의 곁에서 그녀가 찾는 건 무엇일까.

21세기의 SF영화 속 세계

◇◇◇◇◇

실증주의가 주류가 된 오늘날이지만 실증될 수 없는 것들로 점철된 신화적인 이야기가 언제고 현대인의 마음을 사로잡는다. 〈스타워즈〉 같은 영화들이 그렇듯이. 우주공간에서 전사들이 부드러운 머릿결을 휘날리며 거친 호흡으로 멋진 액션을 보여주는 전투 장면은 초등 과학 교육을 받은 상식으로도 전혀 사리에 맞지 않는 것이지만 관객들은 그 앞에서 손에 땀을 쥐며 몰입한다. 〈아쿠아맨〉이 만든 신화적 공간도 현대의 과학적 상식을 무시하긴 마찬가지다. 하긴 지금 불가능하다고 해서 영원히 그럴 거라는 생각은 금물이지만. 어쨌든 이 이야기의 세계가 우리의 흥미를 끄는 지점은 영화 속 세계의 논리가 말이 되느냐 아니냐가 아니라 (이야기란 어차피 허구이기도 하고) 그 신화적 공간의 인간들이 육지 위의 인간과 세상에 대해 어떤 견해를 갖고 있는가이다. 물고기보다 자유롭고 신처럼 당당한 물속 인간들. 육지 세계에 대한 그들의 여론은 우리가 쉬이 짐작할 수 있듯이 환경 파괴를 일삼는 육지 인간들에 대한 분노로 들끓고 있다. 이는 육지와의 전쟁이 불가피하며, 그 전쟁에서 이기기 위해 일곱 개 왕국을 하나로 통합하여 막강한 군대를 손아귀에 넣겠다는 옴왕의 야망에 명분을 제공해준다. "7대양의 분노를 보여주리라." 하고 무서운 표정을 짓던 옴왕의 결의에 찬 얼굴은 우리가 바다에 대해 갖고 있는 두려움을 거울처럼 반사해 보여준다(우리는 '5대양'에 익숙해져 있지만 영화는 '7대양'을 말하는데 괴물들의 왕국과 숨겨진 왕국이 추가돼 있다).

눈에 보이지 않아서, 실증적이지 않아서 외면하고 무시해온 다른 세계의 존재에 대한 막연한 두려움이 얼마나 큰 공포를 자아내는지 우리는 알고 있다. 그 공포를 감추기 위한 의도적인 외면이

기실 얼마나 큰 진실을 감추고 있는지에 대한 날카로운 각성을 표현한 영화들은 피 한방울 없이도 최고치 공포를 선사하곤 한다. 그중 하나가 〈디 아더스The Others〉(2001)인데 이 영화에서 주연을 했던 니콜 키드먼이 〈아쿠아맨〉에서도 주연으로 등장하고 있다는 점이 새삼 의미심장하게 다가오기도 한다.

〈아쿠아맨〉의 세계에서, 육지의 인간들이 여러 단서들에도 불구하고 '없다'고 믿고 싶어 한 바닷속 세상은 보여지는 것에 비해 본질적으론 그다지 다르다고 할 것도 없다. 아틀란티스에서도 계급적 차이와 차별이 뚜렷하며, 권좌를 향한 욕망과 생존적 갈등이 난무한다. 바닷속이라는 조건을 극복하고 적응하며 살아남은 신비로운 인간들도 육지의 인간들 못지않게 힘의 우열에 민감하다. 바닷속 옴왕과 육지의 로컬 히어로로 아서. 세계의 끝과 끝에 있지만 형제인 이들은 서로의 존재를 인식한 이후로 늘 서로를 의식하며 경쟁한다. 이 경쟁의식이 서로를 성장케 한 동력이기도 해서 마음속 깊은 곳에서는 서로를 아끼는 마음이 누구보다 각별하다. 여인들은 이 세계의 번영에 좀 더 기여할 후손을 잉태하고자 하며, 그를 보호하기 위해 모든 것을 건다. 세상이 아무리 여러 번 뒤집어지고 멸망을 거듭해도 생존하고 번영코자 하는 인류 의지의 원초성은 결코 변하지 않을 것이라는 전제를 영화는 거듭 강조한다.

왕국이 아닌, 세상을 위해 싸우는 영웅

◇◇◇◇◇

DC의 마블 시리즈가 그리는 세계에 대해서 나는 문외한이지만, 그 세계의 창조자들이 만들어낸 영웅 캐릭터의 정신에 대해서는, 〈아쿠아맨〉에 나오는 아틀란티스의 여왕 아틀라나가 친절하게 말해주어 비로소 분명히 알게 되었다. 아틀라나는 삼지창이라는 무기를 손에 넣기 위해 괴물 카라덴과 대적하러 가기 전, 두려움에 머뭇거리는 아서에게 이렇게 말한다.

"이 세계엔 왕 이상이 필요해. 영웅 말이야. 왕은 나라를 위해 싸우지만 넌 세계를 위해 싸우지."

오늘날 우리가 사는 이 세계는 나라 하나를 잘 다스리는 왕으로는 충분치 않다. 이 세계는 속속들이 연결되어 있어, 이미 한 사람이 권력으로 좌지우지할 수 있는 범주를 넘어선 지 오래이며, 인간의 머리로 상상할 수 없는 복잡성으로 가득하다. 언제 어디서 발생할지 모르는 위험에서 온 세계를 말없이 지키는 영웅이 그래서 필요하다. 신분을 감추고 그때그때 변신하는 것만으로는 이제 더이상 충분하지 않은 것이다. 그 영웅은 어디에도 속하지 않은 인물이어야 한다. 아쿠아맨처럼 말이다. 육지에서 그는 등대지기의 아들이며 그 구역의 왕따였다. 바닷속 왕국에서 그는 왕국의 정통성에 흠집을 내는 혼혈 잡종이자 육지의 편, 즉 적으로 취급되었다. 어떤 기득권도 가진 적이 없고 가질 의지도 없으나 미래를 위해 강하게 훈련된 영웅. 도무지 이 세계에선 구할 수 없는 존재이기에 영화라는 가상의 공간 속에서나마 그토록 화려하게 활약하게 되었는지도 모른다. 우리는 그 화려한 영상 속에서 우리의 두려움과 욕망을 새삼 맛보며 꿈꿀 뿐이다. 도무지 어울리지 않는다고 생각되는 것들이 만나 결합하여 세상을 구하고, 지속시키고, 더욱 번영케 해주었으면 하는.

언 제 나

거 기 있 는 바 다 ,

끊 임 없 이

부 서 지 는 파 도

타오르는 여인의 초상

조그만 나룻배에 장정 넷이 노를 젓고 있고, 뱃머리에 한 남자가
서서 그들을 지휘한다. 반대쪽 끄트머리에 앉은 여자는 짐 때문에
전전긍긍이다. 출렁이는 쪽배 위에 여자라곤 자기 혼자뿐인 것도
불안한데 화구를 담은 나무 박스가 자꾸만 미끄러지려 한다. 애써
붙들고 있었지만 출렁이는 파도에 잠시 중심을 잃은 사이 나무 박
스는 배에서 떨어져 물결 위를 표류하게 되고 말았다. 대장 남자를
비롯해 배 위의 남자들은 보고도 모르는 척, 건져줄 마음이 전혀

없다(여자가 애원이라도 해주길 기다린 건지도). 결국 여자가 바다에 몸을 던져 나무 박스를 건져낸다. 아마도, 처음이었을 것이다. 수영을 배운 적이 없었을 것이다. 그러니까 그녀는 목숨을 던져 화구를 지켜낸 셈이다.

그녀는 그림 그리는 사람이다. 인생의 윤곽이 또렷한 사람. 제자들에게 가르칠 때도 평생 그렇게 가르쳤다.

"먼저 윤곽선을 잡아요, 그다음에 실루엣을⋯⋯."

바다를 건너는 여인

◇◇◇◇

영화 〈타오르는 여인의 초상Portrait de la jeune fille en feu, Portrait of a lady on Fire〉(2019)의 주인공 마리안느는 18세기의 화가다. 그림 그리는 방식, 가르치는 방식을 보면 짐작할 수 있다. 인상주의의 물결은 소식조차 들려오지 않던 때다. 18세기의 화가라면, 캔버스 앞에서 목탄을 들고 우선 대상의 윤곽선부터 잡을 것이다. 실루엣을 다듬고 채색을 하며 원근감과 디테일을 살려야 한다. 시대가 원하는 그림의 문법과 이념, 관습이 있고, 화가는 그 테두리 안에서 배운다. 그걸 성실히 배운 그녀의 그림은 무난하게 받아들여질 것이다. 그러나 그녀 자체는 받아들여지지 않는다. 그 시대를 사는 여자가 화가라는 것부터가 이미 파격이니까.

그 시대에 여자는 예술가일 수 없었다. 여성 예술가가 없지는 않았다. 그림을 그리거나 글을 쓰고 음악을 하는 여성은 얼마든지 있었다. 그 시대와 사회가 예술하는 여성을 예술가로 인정하지 않았을 뿐이다. 하지만 영화의 주인공 마리안느는 자신에게 허락된 기회를 살려 예술가의 길을 간다. 아버지가 화가였기에 어려서부터 그림의 문법에 익숙해 있었고, 초상화가 유행하던 시절이라 일거리도 있었다. 예술가라기보다는 기술자로서, 주문을 넣은 고객의 요구에 잘 맞춰줄 수만 있다면 그녀는 화가로 살아갈 수 있을 것이다. 마리안느가 흠씬 젖은 몸으로 덜덜 떨며 바다를 건너는 것도 바로 그 일 때문이다.

초상화의 여행

◇◇◇◇◇

프랑스 북서부, 바다를 향해 튀어나온 반도 브르타뉴Bretagne의 끝까지 가서 다시 멀미에 시달리며 한참을 더 가야 하는 작은 섬. 거기까지 마리안느를 불러들인 이는 우아한 백작부인이었다. 수십 년 전 마리안느의 아버지가 그린 초상화의 주인공이다.

"저 초상화가 먼저 도착했죠. 그 뒤에 내가 왔어요."

밀라노에서 그려진 초상화가 대륙을 가로지르고 바다를 건너며 여기까지 와서, 이 집의 벽에 걸리고, 그런 뒤 초상화의 주인공인 그녀가 와서 백작부인이 되었다는 이야기. 당시 사람들의 세계관을 어쩌면 이처럼 절묘하게 드러냈을까! 가상의 이미지가 먼저 와서 자리를 잡으면, 실체는 그림자처럼 뒤에 따라온다는 것, 플라톤의 동굴 이론을 연상시키는 이 대사에 깔린 사고방식이 바로, 이 영화의 밑그림인 셈이다. 이데아의 세계가 있고, 그 이데아의 모방으로서의 예술이 있고, 이데아의 그림자로서 현실 세계 속 우리가 있다. 아무튼 그 시절 귀족들의 결혼 관습에 따라 초상화는 계속 이어진다. 백작부인의 첫째 딸은 결혼이 싫었는지 초상화를 그리기도 전에 바닷가 절벽에서 몸을 던져 죽어버렸다. 그러자 수녀원 학교에 있던 둘째 딸 엘로이즈가 불려나왔고, 이제 그녀가 초상화의 모델이 되어야 한다. 엘로이즈를 그린 초상화가 밀라노로 가서 어느 집 벽에 걸리게 되면, 그녀 역시 귀족부인이 되어 그곳으로 가게 것이다.

"밀라노로 가시겠네요."

마리안느는 자신 있게 말했지만, 백작부인의 얼굴에는 수심이 가득하다.

"포즈 잡는 걸 거부해요. 몰래 관찰해서 그려야 하는데, 할 수 있겠어요? 애한테는 산책 친구라고 말해뒀어요."

정혼자에게 보낼 초상화를 그리러 온 화가가 산책 친구를 가장하여 함께 산책하는 틈틈이 이목구비를 관찰하고, 그 기억을 더듬어 초상화를 그려야 하는 미션. 마리안느는 과연 해낼 수 있을까? 움직이는 인간의 순간을 포착하는 일은 흥미롭긴 하지만 가능할지 알 수 없었다. 대상을 오랜 시간 응시하여 정확하게 화폭에 옮기는 훈련을 해온 마리안느에게 간단한 스케치와 기억에 남은 잔상만으로 엘로이즈의 초상을 그리기란 쉽지 않은 일일 것이다. 그러나 그녀는 피하지 않고 시도하기로 했다.

첫 산책 날. 온몸을 망토로 감싼 뒷모습으로 나타난 엘로이즈는 바다가 가까워지자 갑자기 바다를 향해 힘껏 달려가더니 절벽 앞에서 멈추고 그제야 뒤를 돌아보며 얼굴을 보여준다. 엘로이즈의 얼굴, 생기로 가득한 그 얼굴이 마리안느에게 깊은 인상을 남긴다.

"내내 꿈꿔왔어요."

"죽음을요?"

"아뇨, 달리기를요."

죽은 언니 대신 밀라노에 시집 보내지기 위해 수도원학교에서 끌려나온 둘째 엘로이즈에 대해 마리안느가 품고 있던 선입견이

산산조각이 나는 순간이었다.

틈틈이 훔쳐보며 몰래 한 스케치를 바탕으로 마리안느는 그림을 완성한다. 그러나 그림을 본 엘로이즈는 혹평을 했다. 존재감도 생명력도 없다고. 마리안느는 당황했다. 초상화 그리는 공식대로 그렸을 뿐인데. 그러나 엘로이즈는 공식에 끼워맞춰 표현될 수 있는 존재가 아니다. 그건 마리안느가 더 잘 알고 있다. 마리안느는 완성한 그림에서 엘로이즈의 얼굴을 지워버린다. 실망한 백작부인이 화를 내며 마리안느에게 그만 떠나라고 하는데 엘로이즈가 다시 기회를 만들어준다.

"포즈를 취할게요."

백작부인이 집을 비우는 닷새의 기회가 주어졌다. 백작부인이 사라지고 집에는 엘로이즈와 마리안느 그리고 하녀 소피가 남는다. 사라진 것은 백작부인만이 아니었다. 집안의 위계도 사라졌다. 엘로이즈와 마리안느와 소피는 평등하다. 서로를 있는 그대로 바라보고 자신의 감정을 감추지 않으며 흠씬 사랑한다. 상대를 또 하나의 나로 받아들이면 가능한 걸까. 자기 감정에 직면하여 숨지 않을 용기를 갖는 것. 이 영화는 내내 젊은 여인들의 몸짓을 보여준다. 파도치는 바닷가에 나란히, 같은 눈높이로 서로를 바라보는, 평등하고 용기 있는 몸짓. 예술이라는 게 어딘가에 존재하는 것이라면 바로 그런 순간들에 있을 것이다.

또 다시 바다 저편으로

◇◇◇◇◇

엘로이즈의 존재감이 넘치는 아름다운 초상화가 완성되었다. 물론 그 존재감은 엘로이즈와 마리안느만이 눈치챌 수 있는 감각일 것이다. 완성된 초상화 앞에서 마리안느는 복잡한 심정이 된다. 앞서 그린 초상화를 없애버린 것처럼, 이 초상화도 없애버리고 싶다. 그러나 그 초상화는 바다를 건너 대륙을 가로질러 밀라노로 가게 될 거고, 그런 다음, 엘로이즈가 밀라노로 가게 될 것이다. 그녀는 정혼자와 결혼하고, 정해진 삶의 길을 걸어나갈 것이다. 인생의 망망대해 앞에 선 인간은 겁을 집어먹기 쉽지만, 많은 사람이 다녀와 안전과 즐거움을 보장하는 항로라면 괜찮을 것이다. 엘로이즈는 마리안느를 통해, 자신에게 주어진 항로의 안전함을 봤다. 마리안느는 엘로이즈를 통해, 이 세계에 고정된 진실이란 없다는 걸 배웠다. 언젠가 바닷가에 나란히 앉아 "수영할 줄 알아요?" 하고 마리안느가 물었을 때 엘로이즈가 했던 대답을 기억한다.

"몰라요."

엘로이즈는 이렇게 덧붙였다.

"수영할 수 있는지 없는지 모른다고요."

우리가 무엇을 할 수 있는지, 할 수 없는지 우리는 모른다. 시도해볼지 시도하지 않을지를 선택할 수 있을 뿐.

엘로이즈와 마리안느는 작별을 선택한다. 서로를 잊을 수 있을지 없을지, 후회하지 않을지 후회할지 알 수 없지만, 다가온 이별의 순간을 받아들일지 말지 선택할 수는 있다.

"뒤돌아봐."

엘로이즈의 마지막 말이었다. 마리안느는 뒤돌아본다. 밤이면 마리안느 앞에 환영으로 나타났다 사라지곤 했던 바로 그 모습으로 엘로이즈가 서 있다. 순백의 웨딩드레스를 입은 엘로이즈가. 이미지가 먼저 나타나고 실체는 그림자처럼 뒤를 따르는 것이 마리안느가 사는 세계의 법칙이다. 마리안느는 뒤를 돌아봄으로써 엘로이즈의 운명을 인정해버린 셈이다. 마리안느와 엘로이즈는 그렇게 작별한다. 지하의 신 앞에서 뒤돌아보지 않겠다는 약속을 한 남편에게 단 한번만 나를 돌아봐달라고 애원하는 아내처럼, 저승의 출구 앞에서 단 한번 뒤돌아보는 바람에 에우리디체를 잃는 오르페우스처럼, 엘로이즈와 마리안느가 함께 선택한 운명의 순간이다.

우 리 는

아 직   살 아   있 으 니 까 ,

삶 이 라 는

바 다   위 에

어드리프트: 우리가 함께한 바다

영화 〈어드리프트: 우리가 함께한 바다Adrift〉(2018) 속 여주인공
태미는 대학에 가는 대신 여행을 택했다. 객석에 앉아 있던 나는
그 대목에서 '와! 잘했어!'라며 속으로 응원했다. 그런데 그 여행
이 좀처럼 끝날 기미가 보이지 않는다. 집으로 돌아갈 때를 자꾸
만 미루려 하는 그녀의 복잡한 표정에서 20여 년 전의 내 마음을
읽어냈다. 어떻게 하면 집을 떠날 수 있을까 고민하는 시절은 모든
청춘에게 예외 없이 오는 거라고 생각했는데 요즘 젊은이들은 좀

다르다지. 어지간하면 집을, 부모의 곁을 떠나고 싶어 하지 않는다고 한다. 하긴, 이 영화 속 태미의 시간은 1980년대이고 자신을 둘러싼 모든 것을 바꿔보고자 하는 열망으로 가득 찬 20대의 나날을 보내는 중이다. 그리고 그녀는 타히티에 왔다. 지상낙원이라 불리는 타히티의 출입국 관리소 직원은 태미를 의심적은 눈길로 바라보지만, 묻기도 귀찮은지 입국 허가 도장을 찍어준다.

태미는 5년째 여행중

◇◇◇◇◇

머물 곳도, 돌아갈 날도 정해지지 않았고, 무얼 할지도 모르는 젊은 여행자를 받아들여준 이 섬은 너그럽기 그지없지만 대체 그녀는 여기서 어떻게 살아가려는 것일까? 온갖 허드렛일을 하면서 하루하루 생활하는 태미. 타히티의 석양을 즐길 여유조차 없다. 그러던 어느 날, 그녀는 요트가 즐비한 선착장에서 한 남자를 만나게 된다. 리처드다. 그는 요트 위에서 생선을 손질하고 있었다. 태미는 채식주의자라 리처드가 손질하고 있는 생선에는 전혀 관심이 없었지만 얼음이 가득 든 양동이를 건네는 친절을 베풂으로써 리처드에 대한 관심을 표현한다. 리처드는 그런 태미를 저녁 식사에 초대한다.

거부할 수 없는 제안

◇◇◇◇◇

리처드는 생선도 육류도 먹지 않는 채식주의자 태미를 위해 샐러드를 만들어주었다. 태미는 자신이 그렇다고 해서 리처드가 생선이나 육류를 먹는 것을 타박하지 않는다. 내 취향과 철학을 타인에게 강요하거나 권하지 않는 것은 지극히 상식적인 현대인의 매너다. 그러나 지금도 이런 미덕을 가진 자를 찾아보기가 힘이 드니 1980년대에 이런 에티켓은 너무나 세련된 것이어서 이 커플의 서로에 대한 배려는 그야말로 눈이 부실 지경이다. 리처드는 자신의 요트를 직접 만들었다고 했다. 맘 편히 누울 방 한 칸이 없는 태미에게 리처드의 요트는 꿈의 낙원이다. 요트 안에는 생존에 필요한 모든 것이 최적의 형태로 갖추어져 있다. 어쩌면 태미가 타히티에 와서 가장 멋지다고 생각한 것이 리처드의 요트였는지도 모르겠다. 혹은 리처드 자체이거나. 리처드 역시 겁 없는 여행자 태미가 마음에 들었다. 편견 없이 세상을 향해 마음이 활짝 열려 있으면서 남에게 폐를 끼치지 않으려는 태도가 몸에 붙은 태미를 어떻게 좋아하지 않을 수 있을까. 곧 이들 앞에 운명처럼 기회가 다가온다. 샌디에이고까지 요트를 배달해달라는 중년 부부의 제안을 받는 순간, 둘은 서로를 사랑한다는 걸 깨닫는다. 그건 보름 넘게 단 둘이 바다 위에 함께 있을 기회였고, 태미도 리처드도 그 기회를 놓치고 싶지 않았다. 마치 이 일을 위해 기다려온 사람들처럼 가슴이 한껏 부풀었다.

허리케인을 만나다

◇◇◇◇◇

태미는 스물넷, 리처드는 서른셋이었다. 시절인연이라는 말이 있다. 그 시절의 나에게 꼭 맞춤한 듯 나타난 사람. 인류역사상 평균수명이 가장 긴 지금은 시절남편, 시절아내라는 말이 나타나도 조금도 어색하지 않겠다. 아직은 불안정한 스물넷 태미에게 진정한 사랑을 시작할 준비가 된 리처드는 완벽한 짝이다. 어느덧 모험 앞에서 멈칫하는 나이가 된 리처드에게 생생한 활력을 공급해주는 태미도 완벽한 짝이다. 그들은 함께 태평양을 항해할 준비가 되었다. 그런데 얼마 후, 허리케인이 휩쓸고 간 바다 위, 만신창이가 되어 간신히 떠 있는 요트에서 태미는 혼자였다. 배 안팎을 샅샅이 뒤져봤지만 리처드는 없었다. 며칠 후 태미는 널빤지 한 조각에 의지해 표류 중인 리처드를 발견한다. 몸에 밧줄을 묶어 그가 있는 곳까지 헤엄쳐 가서 그를 데리고 요트로 돌아와 갑판 위로 끌어올리기까지의 그 가슴 조이는 시간이 너무나 길게 느껴졌다. 도저히 안 될 것 같은 일을 순간적인 괴력으로 해내는 태미는 이후로도 생존을 위한 수많은 도전에 직면한다. 머리 싸매고 좌표를 직접 계산해야 했고(내비게이션도 위성도 없던 시절이다), 갈비뼈가 부러지고 다리를 다친 리처드를 돌봐야 했다. 그러나 그가 존재한다는 사실하나가 태미를 살게 했다. 자기 몸에 난 상처를 직접 꿰맸고, 리처드를 위해 바닷속으로 뛰어들어 물고기 사냥을 시도했으며, 남은 식량으로 견딜 수 있는 날짜를 헤아렸다.

모든 것을 빼앗고 모든 것을 되돌려주는 바다

◇◇◇◇◇

석양의 색채를 논하는 두 사람의 다정한 모습은 그 속에 절망이 묻어 있어 더욱 아름다웠다. 타히티에서도 즐기지 못한 석양이었다. 결국 리처드는 떠난다. 태미의 강인함을 극한까지 끌어올리고, 태미의 사랑을 남김없이 받은 그는 여한이 없었을 것이다. 태미 역시 마찬가지. 태미는 41일간의 표류 끝에 육지에 도착한다. 그녀는 말했다.

"그 무엇과도 이 경험을 바꾸지 않을 거야."

처음에는 왜 이 제안을 받아들였나, 왜 이 사람을 믿었나 하고 후회도 했을 것이다. 바다는 태미에게 상상보다 훨씬 큰 시련을 주고, 그 시련을 견뎌낸 만큼의 힘을 준다. 자연이, 생이 우리에게 주는 것은 그런 것이다. 태미는 지금도 항해를 한다고 한다. 그녀는 직접 이 이야기를 썼고, 이 영화를 보았다. 그녀는 험난한 바다에서 생존했고, 생존을 넘어 이야기를 통해 다시 살고, 다시 사는 것을 넘어 새롭게 사는 법을 보여주었다. 우리들 각자에게도 그런 기회가 있을 것이다. 우리는 아직 살아 있으니까, 삶이라는 바다 위에.

청 춘 들 에 게   전 하 노 니 ,

결 코

포 기 하 지   말 기 를

에브리타임 룩 앳 유

여름이 시작된 베를린은 아름답다. 하지만 거기 사는 청춘들의 얼굴은 세상 우울하다. 얀은 다음 학기 장학금을 받지 못하게 됐다는 소식을 들었다. 교수에게 태도에 대해서도 지적을 받은 것 같다. 명확한 건 아무것도 없지만, 어쩐지 세상이 자꾸만 자신을 밀어내는 것만 같아 우울해지려 한다. 율은 학기말 시험에서 낙제했다. 멀리 떨어져 있는 남자친구와는 연락도 되지 않는다. 남자친구와 분명히 해야 할 문제가 있다는 것을 구실로 포르투갈에 있는 남자

친구를 찾아가겠다는 결심을 했다. 분명한 게 아무것도 없는 청춘의 답답한 얼굴에 보는 사람도 한숨이 난다.

이십 대 중반쯤 되면, 시간이 흘러가는 속도가 다르게 느껴지기 시작한다. 손에 쥔 건 아무것도 없는데(없다고 느끼는데) 속절없이 한 해 한 해 흘러가는 것이 두렵고, 괜스레 마음이 조급해지기도 한다. 대학에서 하는 공부, 인간관계, 내 마음조차도 다 모호하기만 하니 날 붙잡아주는 무언가가 있었으면 하고(그게 뭔지는 모르지만) 간절히 바라게 된다. 대학생과 예술가의 천국이라 불리는 베를린에서 멀쩡하게 대학 다니는 이 젊은 청년들도 그렇구나 생각하니 어쩐지 위안이 되는 건 무슨 까닭일까.

두 청춘의 도시 탈출

◇◇◇◇◇

베를린의 젊은 대학생의 여름 여행을 따라가는 영화 〈에브리타임 룩 앳 유〉(2018). 빛나는 청춘의 시기를 살고 있지만 어쩐지 심드렁하고 우울한 두 사람이 등장하는 이 영화의 원제는 〈303〉이다.

무슨 의미인가 했더니 둘이 함께 타고 떠나는 '메르세데스-벤츠 O 303'에서 딴 거란다. 정말 그냥, 아무 생각 없이, 되는 대로, 갖다붙인 제목일까, 아니면 약간의 빈 공간을 두고 같은 방향을 향해 나란히 서 있는 두 사람의 존재를 숫자로 형상화한 상징적인 제목일까. 아무래도 좋다. 아무 생각 없음, 사랑할 누군가를 원하지만 아직 자아 발견을 못함, 그러나 같은 방향을 바라볼 누군가를 원함. 관객은 제목에서든 화면에서든 이 영화가 보여주는 청춘의 문제를 깊이 공감할 것이니까.

너를 통해 나를 보다

◇◇◇◇◇

얀은 아버지를 만나러 스페인에 가기로 했고, 율은 포르투갈에 남자친구를 찾아가는 길이었다. 30년도 더 됐다는 캠핑버스는 율의 것이다. 얀은 쾰른까지 얻어 타고 갈 차가 없나 기웃대다가 율의 캠핑카에 오르게 된다. 두 젊은이는 각자 신분과 나이를 밝히는 것으로 말문을 튼다. 나이는 스물넷, 직업은 대학생. 얀은 정치학을, 율은 생물학을 전공하고 있다. 이번 학기말 성적이 안 좋았다는 건 비밀이다. 같이 길을 떠난 지 얼마 되지 않아 율과 얀은 헤어지고 만다. 나이 얘기를 하다가 스물일곱에 죽은 천재들 이야기가 나왔고, 자살의 윤리성에 대한 토론으로 이어졌는데 여기서 율의 감정이 격앙되고 만 것이다(율의 오빠는 스물일곱 살에 자살했다).

"자살은 무책임한 거죠."

"뭘 안다고 그렇게 함부로 말해요?"

율의 사정을 알 리 없는 얀은 혼자 남겨지고 나서야 율의 사정을 짐작하고 몹시 괴로워한다(다음 정거장에서 둘은 다시 만난다).

얀의 핸디캡은 아버지 문제였다. 얀은 캠핑카가 강변에 머물 때마다 조금씩 그 얘기를 털어놓았다. 얀은 어린 시절부터 아버지에게서 거리감을 느끼긴 했다. 그런데 열일곱 살 되던 해 여름, 할머니 댁에 갔다가 아버지 쪽 친척들이 모두 모인 자리에서 본능적으로 깨달았다. 뭔가 이상하다는 걸. 아버지는 얀의 생물학적 아버지가 아니었던 것이다. 어느 강가에서 얀은 칼로 가슴을 찔리는 듯 아픈 말을 율에게서 듣게 된다. 얀에게서 자살 얘기를 들었을 때 율이 몹시 불편해했던 것처럼, 얀도 율의 말이 아팠다.

"네가 오래 사귀지 못하는 이유는 상대랑 가까워지기 싫어서야. 네 본모습을 들키기 싫으니까. 너조차도 너를 싫어하니까."

숨이 턱 막히고 얼굴이 붉어질 정도로 감정이 격앙된 얀은 잠시 강 쪽으로 가서 온몸에 차오른 열기를 식힌 뒤 돌아와 율에게 묻는다.

"왜 내가 나를 싫어한다고 생각하지?"

율이 대답한다.

"양아버지 때문에?"

얀은 반박할 말을 찾지 못했다. 자신도 모르는 건 아니었지만, 율이 정확한 언어로 말해주자 몹시 당황스러웠다. 하지만 그렇게 남의 입으로 듣고 보니 속이 다 시원해지는 것 같기도 했다. 자기도 모르게 감추고 있던 가슴속 상처를 서로에게 거울처럼 비춰주면서 두 사람의 여행은 점점 길어진다.

바다 앞에서

얀은 쾰른에서 버스를 타고 스페인으로 넘어가려 했다. 하지만 헤어지기 아쉬웠던 율은 스페인까지 얀을 태워주겠다고 한다. 어차피 율의 목적지도 포르투갈이니까. 조그마한 개울 옆에서 바비큐 파티를 하고, 햇살 좋은 강변 벤치에서 아이스크림을 먹고, 깊은 강물에 뛰어들어 수영도 했다. 두 사람을 배경으로 한 강줄기는 점점 더 넓어지더니 프랑스에 도착했을 즈음엔 마침내 바다에 이르게 된다. 바닷가 옆 숲에다 버리듯이 버스를 주차한 뒤 힘차게 달려 백사장에 발자국을 찍으며 바다로 내달리는 두 사람의 모습은 세상을 다 가진 청춘 그 자체다. 그렇게 넓은 백사장인데, 그렇게 쉼 없이 달려오는 파도인데, 모래밭에서나 파도 속에서나 얀과 율은 서로를 바라보고, 누가 떼어놓을 새라 딱 붙어 있다. 아름다운 풍경 앞에서 서로 눈을 맞추고, 가슴 벅찬 순간에 서로의 손을 잡는 것. 그것이 바로 사랑에 빠진 사람들의 풍경이라는 걸 이 영화는 반복적으로 보여준다. 서로 생각이 너무도 달라서 옥신각신하던 두 사람의 감정이 서로를 향해 폭발하듯 열리는 지점이 바로 이 바다에서였다. 그 뒤로 캠핑카 속 두 사람의 옆얼굴에서는 긴장을 찾아볼 수 없었다. 서로를 바라보는 눈길이 한없이 그윽했다. 둘이 함께 바라보는 창밖 풍경마저 이전과 달라진 느낌이다.

어느 강가에서 율이 안에게 연애하는 법을 가르쳐준 적이 있었다.

"첫째, 매력을 느끼는 상대를 찾아. 둘째, 그 사람하고 마음이 맞는지 확인해. 왜 남자들은 두 번째 단계를 안 하는 거지?"

안은 그 말을 웃고 넘겼지만 며칠 사이 율이 가르쳐준 것보다 훨씬 진도를 많이 뺐다. 안은 율과 그녀의 캠핑카에 매력을 느꼈다. 자살, 경쟁과 협력, 사랑 등 여러 가지 주제로 토론하며 서로의 다름을 알아갔고, 율과 함께한 시간 속에서 자기 자신을 발견했다.

"멀리서 아버지를 보는데 정말 이상했어. 다가갈 수가 없더라, 문득 난 아버지가 없구나, 싶었어. 그래도 깨달았어. 외부에서 날 찾지 말고 내면에서 찾아야 한다고."

율도 마찬가지였다. 자신의 문제를 남을 통해 결정하려 했던 자신을 바로 보게 되었다. 포르투갈에 있는 남자친구를 만나러 가는 여정은 어느새 자신의 마음속으로 들어가는 여정으로 바뀌었다. 얀이 함께했기에 가능했던 일이다.

"누구도 서로를 소유할 수 없어, 그걸 인정해야 행복해질 거야."

사실, 계속 사랑하려면 어느 정도 체념하는 자세가 필요하다. 달콤한 체념. 영원할 수 없어, 나 혼자 가질 수 없어, 끝도 없이 줘야 해, 하지만 내가 사랑하니까 하는 수 없지……. 파도치는 백사장에 나란히 앉아 옆에 있는 사람의 숨소리에 내 호흡을 맞춰본 사람은 알 것이다. 사랑은, 영원은, 충만은, 바로 그 순간에 존재하는 것. 그 외의 것은 그림자일 뿐이란 것을. 문제는 그렇게 체념하듯 사랑하고픈 사람을, 만날 수 있을 것인가의 문제다. 율의 충고가 다시 떠오른다.

"먼저 눈으로 찾아, 그리고 마음을 확인해. 그걸 계속 반복하는 거야."

청춘들에게 전하노니, 결코 포기하지 말기를. 매력적인 그 사람과 바다에 가기를.

함 께 하 려 면
받 아 들 여 야 하 는
것 들

녹색 광선

주말 동안 겨울옷을 정리해 넣고 돌아서자 갑자기 수은주가 27도를 오르내린다는 뉴스가 들린다. 봄님이랑 제대로 사귀어보기도 전에 여름이라는 작자가 나타나 올해도 만만치 않을 테니 각오하라고 선전포고를 하는 듯하다. 이맘때 꼭 해야 할 일은 달력을 몇장 뒤로 넘겨 슬슬 여름휴가 날짜를 잡아두는 것이다. 그 누구도 움직일 수 없게 단단히 박아놓는 것이 좋다. 내 휴가는 소중하니까. 파리 사람들은 일 년 내내 고민한다지. 여름휴가를 누구와, 어디서, 어떻게 보낼 것인가를. 이게 무척 중요한 일이어서 두 시간 내내 휴가 걱정만 하는 영화도 있다. 여름휴가 계획이 어그러진 파리의 젊은 여인이 마음 상하는 이야기를 두 시간 내내 봐야 하는 영화, 에릭 로메르Eric Rohmer 감독의 〈녹색 광선Le Rayon Vert, The Green Ray〉(1986)이다.

혼자는 싫지만 함께하긴 어려운

∞∞∞∞

주인공 델핀은 파리에 살고 근사한 직장도 있는 젊은 여성이다. 휴가를 떠나기 2주 전 사무실에서 한 통의 전화를 받는 것으로 이야기는 시작된다. 이번 휴가는 친구와 그리스에 가기로 했는데, 갑자기 같이 못 가게 되었다고 통보해온 것이다. 전화 내용으로 보아 그 친구는 다른 친구와 여행을 가기로 뜻을 모은 모양이다. 2주 안에 여름휴가 계획을 다시 세워야 하는 처지가 된 델핀. 친구가 남자친구를 소개해준다고 하는데도 싫다고 하고, 멋진 장소를 추천해줘도 혼자서는 못 간다며 거절한다. 언니네 가족이 같이 휴가를 보내자고 하지만 그것도 싫단다. 단체여행에 끼는 것도 싫고. 그렇게 계속 싫다는 타령에다 푸념만 해대고 있으니 보는 사람도 짜증이 난다. 이쯤 되면 이 영화를 계속 봐야 하나 말아야 하나 갈등이 일어날 수도 있다. 그러나 이 고비를 넘기면 델핀이 마침내 마음 넓은 친구 일행에 끼어 쉘부르로 휴가를 가서 즐거워하는 모습을 볼 수 있다. 그런데 함께 휴가를 온 일행과 저녁을 먹을 때부터 델핀의 수난이 시작된다. 테이블에 고기 요리가 나왔을 때 델핀이 자기는 육류는 먹지 않는다며 사양한 것이다. 그때 사람들의 시선이 일제히 델핀에게 꽂힌다. 테이블 위에는 고기 말고도 다른 요리가 많아서 굶을 일도 아닌데 사람들은 델핀에게 질문을 쏟아낸다. 왜 고기를 안 먹냐, 영양실조가 걸리지는 않냐, 초대받았을 때 불편하겠다 등등 온갖 말을 쏟아놓는다. 온 국민이 톨레랑스Tolérance 정신을 탑재했을 것 같은 프랑스에서도 타인의 다름이 수용되는 건 이렇게 어려운 일이구나 싶어진다. 때로는 누군가의 어쩔 수 없는 '다름'이 평범한 다수에 대한 '거절' 내지 '거부'로 느껴질 수도 있다. 다수 측이 좀 더 포용적이려면 좋으련만, 안타깝게도 공격적인 경우가 더 많다. 다수의 횡포는 그렇게 탄생한다. 고기 요리를 거절한 델핀도 그래서 수난을 당하는 듯하다. 델핀은 아무 일 없었다는 듯 그곳에서 며칠을 더 보내지만 계속 겉돌았고, 아무렇지 않은 척 혼자 산책을 다니는 것도 한두 번이지 더는 머물 수 없어서 떠나기로 한다. 파리로 돌아온 델핀은 남자친구에게 연락해보는데, 남자친구는 산에서 신나게 휴가를 보내고 있다. 델핀은 거기로 갔지만 또 혼자 산책을 해야 했다. 산에 있는 친구들은 그녀가 오든 말든 상관없어 했고, 특별히 반기거나 챙길 이유가 없는 것 같았다. 다시 울컥해진 델핀은 어쩔 수 없이 파리로 돌아간다. 조용히 혼자 있는 건 우울하고 초라해 보여서 싫고, 떠들썩하게 어울리는 건 적성에 안 맞고, 무리 속에 혼자 겉도는 건 더 비참한 델핀. 파리의 거리에서 우연히 만난 옛친구가 그녀를 구제해준다.

"비아리의 빈집을 빌려줄게. 우린 도빌로 가거든."

델핀은 모처럼 활기를 찾았다. 혼자 떠나는 휴가를 드디어 받아들인 것이다.

함께하려면 받아들여야 하는 것들

◇◇◇◇◇

비아리의 해변을 산책하는 델핀은 한결 기운을 찾은 것처럼 보인다. 그곳에서 델핀은 우연히 노인들 한 무리가 이야기하는 것을 엿듣게 된다.

"쥘 베른 소설 아직 읽어?"

"난 『해저 2만리』 지루하던데."

"『녹색 광선』은 정말 감명 깊었어요. 좋은 책이에요."

"쥘 베른은 별로 안 좋아하지만 『녹색 광선』은 좋아."

"환상적인 사랑 얘기인데 주인공은 뭔가를 찾고 있었어요."

"녹색 광선을 보셨나요?"

"아주 잘 알죠. 다섯 번이나 봤어요."

노인 무리 중에 청일점이던 노인이 갑자기 앞으로 나서서 연설을 시작한다. 녹색 광선은 스펙트럼 현상으로 어쩌고저쩌고. 할머니들은 그의 잘난 척을 순순히 들어준다. 델핀이라면, 아니 나라도 미간을 찌푸리고 고개를 돌려버렸을 것 같은데 말이다.

'쥘 베른의 소설 『녹색 광선』에서 주인공이 찾아다니는 녹색 광선은 그런 게 아니잖아!'

하지만 할머니들에게는 그게 그다지 중요하지 않았다. 그냥 할아버지 말을 들어주었다. 버럭 화를 내고 까칠하게 굴 이유가 뭔가? 할머니들은 마치 처음 듣는 이야기라는 듯 할아버지의 강의에 귀를 기울인다. 그 모습이 참 감동적이다. 소설 『녹색 광선』 속 주인공 헬레나는 '녹색 광선'에 대해 물리적 지식을 떠벌이는 구혼자를 질색하며 거들떠보지도 않았다. 할머니들은 쥘 베른의 소설 『녹색 광선』에서 헬레나가 찾아다니던 것이 무엇인지, 또 그것이 의미하는 바가 무엇인지 잘 알고 있었지만, 할아버지의 주장을 순순히 들어주었다. 그의 '다름'을 인정해주고 받아들인 것이다. 그 모습에서 델핀도 배운 것이 있었던 것 같다. 델핀은 비아리 해변에서 여름휴가를 즐기러 스웨덴에서 혼자 왔다는 한 여인을 친구로 사귀었다. 델핀과는 전혀 다른 성격이었지만 그런대로 흥미로운 시간을 가졌다. 그런데 늦은 오후에 우연히 어떤 남자들과 함께 동석하여 수다를 떠는 와중에 델핀의 수난이 다시 시작됐다. 입을 다물고 가만히 있던 델핀이 무슨 까닭인지 혼자 뭔가에 북받쳐 일어서서 달아나버린다. 아무 의미 없는 농담 따먹기만으로도 쉽게 친밀해지는 것이 젊은이들의 특징일 텐데, 델핀은 도무지 그런 방면으로는 재능이 없는 것이다. 그런 자리에 멍하니 있는 것 자체에 고통을 느꼈다. 숙소로 돌아온 델핀은 비아리역에 전화를 걸어 파리행 기차 시간을 알아본다.

녹색 광선과 마주하다

◇◇◇◇◇

델핀이 원하는 건 대체 뭘까? 파리행 기차를 기다리며 대합실에 앉아 있는 델핀의 손에 도스토옙스키의 소설 『백치』가 들려 있다. 그런 그녀의 모습을 물끄러미 바라보는 한 남자가 있다. 델핀이 그에게 미소를 보낸다. 그러자 남자가 다가오고 이런저런 얘기를 시작한다. 아무 의미 없이 하는 말장난은 아니지만, 그렇다고 뭐 대단히 중요한 얘기도 아니다. 비아리역 대합실에서 낯선 남자와 대화를 나누는 델핀은 툭 하면 토라진 채 훌쩍이던 지난 몇 주간의 델핀과는 좀 다른 모습이다. 혼자 휴가 가기는 싫다며 징징대다 친구들에게 핀잔만 듣고, 남의 휴가에 끼어서 따라갔다가 유별난 채식주의자라고 공격당하고, 쓸쓸한 산책을 반복하다 노인들의 대화를 엿듣고 새로운 친구도 사귀어보는 가운데 조금쯤은 자란 것일까? 평소의 델핀이라면 절대로 하지 않았을 말을 한다.

"생장드뤼는 안 가봤는데, 데려가줄래요?"

조금 전까지만 해도 파리행 기차를 타고 집으로 돌아가려던 델핀이 방금 만난 낯선 남자를 따라 생장드뤼로 가려고 하고 있다. 생장드뤼 해변에는 수평선 너머로 떨어지는 해를 볼 수 있는 곳이 있었다.

"해지는 모습을 보러 가요."

언덕에서 해 떨어지기를 함께 기다리던 남자가 델핀에게 제안한다.

"바욘에서 며칠 함께 보내지 않을래요?"

델핀은 바로 대답하지 않고 해가 넘어가는 마지막 순간을 숨죽여 바라본다. 해가 수평선 너머로 넘어가기 직전에 수평선으로 퍼지는 얇게 퍼지는 빛줄기를 '녹색 광선'이라고 하는데 이 광선을 볼 때 타인의 진심을 알 수 있게 된다고 했다. 쥘 베른의 소설『녹

색 광선』에서 주인공 헬레나가 찾아 헤매던 그 '녹색 광선'이 이제
막 델핀과 낯선 남자의 눈앞에서 펼쳐지려 하는 것이다. 날은 맑았
고, 느낌 좋은 사람이 곁에 있었고, 그토록 기다려온 '휴가를 함께
보내자는 제안'이 왔고, 태양이 수평선 너머로 지고 있었다. 마침
내, 녹색 광선이 반짝 빛을 발했다. 그 순간 델핀이 외친 말은 당연
하게도 "위Oui."였다. "네"라고 답할 수 있는 순간, 아무 의심도 망
설임도 한 점 의혹도 불평도 없이 기꺼이 그러겠다고 말할 수 있는
순간. 파리 사람들이 일 년 내내 여름휴가를 준비한다는 건, 바로
그런 순간, 그런 관계를 만들어간다는 뜻이 아닐까?

　"이번 여름휴가 같이 보낼래요?"

　"네, 좋아요."

천 국 의 문 을
두 드 리 려 면

노킹 온 헤븐스 도어

때는 1990년대. 일본문화 개방과 스크린쿼터 존폐가 문화계 최대의 이슈이던 시절이 있었다. 웬 빗살무늬토기에 돌널무덤 만들던 시절 얘기냐고? 한 시대를 객관적으로 돌아보기 위해서는 적어도 20년 정도의 시간은 흘러야 하는 것 같다. 누가 어리석은 고집을 부렸고, 누가 혜안을 가지고 미래를 준비했었는지, 20년 정도의 시간적 거리를 두고 보면 조금은 선명해진다. 20여 년 전, 해외의 상업문화자본이 우리 대중문화를 삼켜버릴 거라는 공포는 실로 막강했고, 강력한 자국문화 보호정책을 요구하는 목소리만이 정의처럼 느껴졌다. 하지만 누군가는 거꾸로 해외시장 진출을 위한 시스템을 구상해 실행에 옮기고 있었다.

사실 그 당시 할리우드에서 쏟아지던 블록버스터 영화의 파괴력은 실로 무시무시했다. 영화예술의 본거지인 유럽조차도 자존심을 다칠 정도였다. 프랑스는 〈레옹Leon〉(1994)을 내놓으며 '우리도 돈 들이면 할리우드만큼 할 수 있다'는 걸 보여줬다. 임권택 감독의 〈서편제〉가 대한민국 극장가를 장악하며 민족적 자긍심을 한껏 일깨운 직후였다. 같은 해, 국제영화제를 열기 시작한 부산시는 사람들에게 "영화의 바다에 빠지라"고 명령했다. 그런 와중에 태어난 〈노킹 온 헤븐스 도어Knockin' on heaven's door〉(1997)는 천재지변으로 길이 막힌 가운데 한참 배달이 지연된 우편물처럼, 뒤늦게 겨우 열린 상자였다.

90년대, 저항하는 청춘들의 윤리

◇◇◇◇◇

귀에 익은 팝송과 함께 영화가 시작된다. 〈아이 윌 서바이브I will survive〉. 칙칙한 화면을 이 신나는 팝송으로 덮으며 시작한 영화가 과연 살벌한 글로벌 영화 시장에서 살아남을 수 있을지 우려된다.

액션 코미디인가, 갱스터무비인가, 비극적인 컬트무비인가 매 순간 헷갈리게 만드는 영화. 이도저도 아닌 것 같은 이 어설픈 짬뽕 영화를 어떻게 씹어줄까 머리를 굴리던 관객들은 영화의 후반부에서 〈노킹 온 헤븐스 도어〉 노래가 흐르고 영화의 두 주인공 마틴과 루디가 소원을 이루는 마지막 신에서 일제히 입을 다물고 만다. 독일 밴드가 리메이크한 이 노래는 밥 딜런이 부른 원곡의 거친 저항정신을 살리면서도 익숙하게 들어왔던 건즈앤로지스의 커버 버전과는 전혀 다른 매력을 보여준다. 이 압도적인 음악을 배경으로 한 아름다운 영상이 지나온 앞부분의 모든 어설픔을 의미 있는 것으로 만들어버린다. 주인공들은 총을 들고 다니지만 총알은 한 번도 발사되지 않았으며, 마틴과 루디를 뒤쫓는 경찰과 갱들 간에 총격 신이 있긴 했지만 아무도 다치지 않았다는 사실을 영화의 끝에서야 깨닫는다. 주인공 마틴은 어머니에게 미국 차인 캐딜락을 사드리는 게 소원이었지만 그가 훔쳐 타고 다니는 차는 독일 차인 벤츠였고, 온갖 사건사고 속에서도 망가지지 않는다. 이 영화는 얼핏 할리우드의 문법을 따라하려다 어설프게 실패한 영화로 오해될 법도 하다. 하지만 조금만 생각해보면 이건 그 시절의 청춘만이 할 수 있는 용기 있는 패러디다. 갱스터가 나오고 총격이 난무하는 가운데서도 아무도 다치지 않고, 누구도 공연히 죽지 않는다는 점만으로도 그들이 드러내고자 한 저항의 의도가 짐작된다. 세상의 틀은 청춘의 꿈을 이해하지도 껴안지도 못했지만, 이 영화는, 이 영화를 만든 청춘들은 굳건하게 그들의 윤리를, 그들이 견지하고 픈 미덕을 지켜냈다.

천국의 주제는 바다

◇◇◇◇

마틴은 거칠고 외향적이지만 늘 책을 들고 다니는데다 시를 읊는 문학청년이다. 루디는 내성적이고 섬세하지만 양복을 입고 출근을 하는 평범한 직장인이다. 주인공 캐릭터의 설정도 이렇게 의외성을 품고 있다. 이 커플의 그림자 역할을 하는 커플이 다시 둘 있다. 마틴과 루디를 뒤쫓는 갱스터 압둘과 행크 그리고 경찰들이다. 압둘과 행크는 보스의 명령을 함께 수행해온 오랜 동료이고, 두 명의 경찰 역시 상사와 부하 관계로 사건 현장에서 오랫동안 호흡을 맞춰온 사이다. 갱스터 커플에게는 보스가 원하는 것이 그들이 하는 모든 행동의 근거가 되었으며, 두 명의 경찰도 그와 크게 다르지 않았다. 부하는 보고를 하고 상관은 실적을 챙기는, 각자에게 부여된 역할과 직책, 근무조건에 매몰된 모습을 보여준다. 마틴과 루디는 이들과는 비할 수 없이 짧은 시간을 함께하지만 서로가 서로에게 스며들어 생의 마지막을 함께하는 운명의 짝이 된다. 현대 의학에 의해 죽음을 선고받고 입원실에 갇힌 청춘들은 우연히 발견한 보드카 한 병에 가슴이 뛰었다. 금지된 것을 손에 쥐면 해방감을 느끼는 것이 청춘의 성질이다. 둘은 곧장 주방으로 달려가 레몬과 소금을 찾아 데킬라를 만들어 마신다. 소금을 만지는 루디의 모습을 보며, 문학청년 마틴은 바다를 떠올린다.

해변에선 짜릿한 소금내

바람은 파도에 씻겨지고

뱃속은 무한한 자유의

따사로움으로 가득차네

입술에는 연인의 눈물 젖은 키스가

쓰게만 느껴지네

마틴의 꿈결 같은 바다 이야기에 루디가 고백한다. 바다를 본 적이 없다고. 생의 막다른 골목에서, 천국의 문 앞에서 가장 아쉬운 것이 바다를 못 본 것이다. 마틴과 루디가 서로를 만나기 전까지는 결코 자각하지 못했을 진실이었다. 바다를 보지 못한 것, 그 아름다움을 경험하지 못한 것 말이다. 천국에서는 별다른 얘깃거리가 없기 때문에 거기 사람들은 모두 지상에서 경험한 바다의 아름다움을 이야기하며 지낸다고 마틴이 말했다. 루디는 그 말에 이끌린다. 얼마 남지 않은 시간을 어떻게 써야 할지가 정해졌다. 가만히 병실 침대에 누워 죽음을 기다리는 게 아니라 바다를 향해 가는 것이다. 물속으로 뛰어들기 전에 핏빛으로 변하는 빨간 공, 그 아름다운 석양을 보지 않으면 천국에서 외톨이가 될 것 같았다. 바다에 대한 이야깃거리를 가지고 천국의 문을 두드리고 싶었다. 하지만 이 무고한 청춘들의 간절한 소원을 들어줄 사람은 없다. 그들은 금을 넘어야만 했다. 그들이 바다에 이를 수 있었던 건 사회가 쳐놓은 금들을 무시하고 위반을 행하며 달려간 덕분이었다.

천국에는 주제가 하나야. 바다지. 노을이 질 때 불덩어리가 바다로 녹아드는 모습은 정말 장관이지. 유일하게 남아 있는 불은 촛불 같은 마음속의 불꽃이야.

그들이 도착한 해변의 하늘에는 먹구름이 가득 몰려와 있었다. 수면으로 떨어지는 붉은 공을 볼 수 없었다. 석양으로 물든 하늘도 없었다. 온통 잿빛이었다. 하지만 그것도 아름답다. 내가 경험한 나의 바다, 나만이 설명할 수 있는 바다이므로. 이제 그들은 천국에서 할 말이 있을 것이다. 만약 천국이라는 곳이 있다면, 그곳 사람들은 아름다운 것만을 이야기할 것이 분명하다. 지상에서 경험한 아름다움들을 함께 나눔으로써 그곳은 천국이 되었을 테니까. 천국의 문을 두드리려면, 자신의 발로 도달한 자신만의 바다가 있어야 한다. 그전에는 순순히 이 삶을 내려놓아선 안 된다. 나만이 들려줄 수 있는 아름다운 세계를 간직할 것, 그것이 지상에 온 내 삶에 주어진 명령일 테니.

바 다 사 이
등 대

파도가 지나간 자리

코로나19의 확산으로 '사회적 거리 두기'가 일상이 되고 있다. 외출하는 것이 꺼려지고, 강변 산책조차 눈치가 보이는 분위기가 계속되자 사람들도 지쳐간다. 사실 내게는 평소와 별 다를 것 없는 생활이라 혹시 내가 '사회적 왕따'였던가 하는 생각도 든다. 나가기 싫어서 안 나가는 것과 자유롭게 나다닐 자유가 제한되는 것은 다른 문제이긴 하다. 스스로 칩거를 택하면 몰라도 사회적으로 유폐를 강요당하면 하루도 못 견디는 것이 인간의 심리일 테니. 그런데 사회와 거리 두기를 간절히 원하는 사람들이 있다. 인간 세상에서 떨어져 홀로 지내기가 필요한 사람. 그런 사람을 영화에서 본적이 있다. 사회적으로 최대한 거리를 두고 살아가고 싶어서 등대지기가 된 남자의 이야기다.

거리 두기가 필요한 시간

◇◇◇◇

영화 〈파도가 지나간 자리The Light Between Oceans〉(2016)의 주인공 톰 셔번은 1차 세계대전에 참전했다가 살아 돌아와 사람이 없는 곳으로 가고자 한다.

"세상에서 벗어나 있고 싶습니다."

자가격리를 하겠다는 얘기다.

우리나라에는 〈파도가 지나간 자리〉라는 제목으로 개봉했지만 원제는 〈바다 사이 등대〉, 원작 소설의 제목과 같다. 〈파도가 지나간 자리〉는 드라마를 강조한 제목이고 '바다 사이 등대'는 작가가 전하고자 하는 주제의식에 좀 더 가닿는 제목이다. 나는 〈바다 사이 등대〉가 더 마음에 든다. 파도는 지나가는 것이다. 그러나 바다는 언제나 있는 것이다. 파도가 찰나적 고난이라면 바다는 우리의 삶을 둘러싼 무한한 슬픔이다. 그러나 그 사이에 등대가 있다.

그는 등대에 의미를 부여하여 등대지기가 되고자 했던 것이 아니다. 다만, 혼자 있고 싶어서였다. 그러나 매일의 일상이 등대를 중심으로 흘러가고, 등대가 있는 섬에 붙박여 지내다 보니 그 섬과 등대에 애착을 갖게 되고 의미를 붙이게 되었다. 육지에서도 한참 떨어진 바다에 떠 있는 작은 섬 하나. 그 섬의 의미는 등대에 있다. 밤에 그 주변을 지나는 배들에게 신호를 보내주는 등대의 존재는 육지의 사람들에게도 소중하다. 톰은 가장 외진 곳에서 가장 널리 영향을 미치는 존재가 되었다. 사람도 사물도 세상도 거리를 두고 보면 시각의 폭이 넓어지고 그만큼 생각도 깊어진다. 거리 두기가 필요하다는 것은 더 멀리 보고, 더 깊이 이해하는 시간이 필요하다는 말과 같다.

미래는 말해질 수 없는 것

◇◇◇◇◇

무료하던 어느 날 밤에 무심코 '넷플릭스'를 켜고 이리저리 둘러보다 〈파도가 지나간 자리〉를 발견했다. 이미 소설도 영화도 보았지만 다시 보고 싶은 마음이 든 것은 전쟁 후 자가격리를 택한 그의 목소리를 듣고 싶었기 때문이다. 전쟁 동안 죽음을 너무 많이 목격해서 영혼이 피폐해진 나머지 인간 세상에 기대하는 것이 하나도 없게 돼버린 한 남자. 그가 홀로 있을 공간을 찾아 등대지기가 되어가는 사연이 빠르게 제시되고, 야뉴스섬의 등대지기가 되어 섬에서 첫 3개월을 무사히 보내고 항만관리소장의 호출로 파르타죄즈 항구로 나오기까지의 과정이 압축적으로 지나간다. 영화의 본론은 관리소장네 딸 이저벨과 소풍을 간 하루에서 시작된다. 두 사람은 부둣가에 앉아서 석양을 바라보며 대화를 하는데 이 남자 참 답답하다. 여자가 남자에 대해 알고 싶어 이것저것 묻는데 그가 들려주는 과거는 온통 상처투성이이고 어둡기만 하다. 게다가 주로 단답형이다. 그래서 이번엔 미래를 이야기해보자 했더니 이런 답이 돌아온다.

"미래는 말해질 수 없는 거예요. 상상이나 바라는 바를 말할 수 있을 뿐이지. 그건 다른 거죠."

이저벨은 말이 안 통하는 사람이라며 기막혀하면서도 포기하지 않고 질문한다.

"그럼 바라는 걸 말해봐요."

톰의 대답은 간결하다.

"라이프."

톰은 그거면 된다고 했다. 그러자 이저벨의 눈이 반짝인다.

"날 야누스로 데려가줘요."

바라는 건 그저 살아가는 것. 그것이면 된다고 하는 남자에게 반하는 여자. 그녀 역시 원하고 있었다. 있는 그대로의 삶을, 무슨 일이 벌어질지 모르는 인생을 함께할 남자를. 그가 와서 말해주기 전에는 그녀가 부둣가에 하릴없이 서서 무엇을 기다리고 있었는지, 두 아들을 잃고 시름에 잠긴 부모님 곁에서 미래에 대해 가질 수 있는 희망이 무엇인지 알 수 없었다. 사실, 무엇을 더 원할 것인가. 매일매일의 삶을 함께 살아가고 싶은 것을 빼면 다른 것은 허위이거나 가식이거나 헛된 욕망이거나 착각일 뿐이다. 그저 순간순간을 살아가는 나날이 이어져가는 것만이 유일한 희망일 수 있다. 너무나 많은 사람이 너무나 오랫동안 미래를 말해왔다. 그러나 미래에 대해 인간이 바랄 수 있는 건 그저 삶일 뿐이라는 사실을 이 영화는 넌지시 알려주고 있다. 눈에 보이지도 않는 바이러스가 온 세계를 죽음의 공포로 몰아넣고, 자유롭고 번잡한 일상에서 멀찍이 떨어지게 만든 지금에서야 그게 보인다.

망망한 바다 위를 떠도는 배가 의지할 하나의 불빛

◇◇◇◇

톰 셔번은 전쟁의 파도를 헤치고 살아남았다. 이제 세상에 어떤 미련도 없다는 그의 앞에 한 여인이 나타나 인생의 물길을 돌려놓는다. 이저벨과 아기를 통해 생에 대한 애착을 되찾게 된 그의 인생에 또다시 파도가 몰아친다. 한번 높은 파도를 탄 서퍼는 다시는 그보다 낮은 파도에 만족할 수 없게 된다고 하던데, 생의 파도 역시 그런 것일까. 그 작은 섬에서도 전쟁 못지 않은 갈등과 고통이 생겨났다. 양심의 가책과 가족에 대한 애정 사이에서 갈등하던 톰의 인생은 이저벨과 원수가 되어 이별하는 등의 기막힌 말로로 치닫게 된다. 그런데 어찌된 건지 그는 자신을 둘러싼 상황이 나빠질수록 평온해진다. '가족과의 격리' 앞에서도 담담하다. 스스로를 격리한 등대지기의 시간이 그를 단단하게 만들어준 것일까. 이저벨과 함께한 사랑스러운 시간들이 그의 삶에 새로운 등대가 되어준 것일까.

인생이 때로 어둠에 붙들릴 때 의지할 불빛을 보내줄 등대 하나를 당신은 가졌는가, 하고 이 이야기는 다시 말을 건다. 거친 파도를 넘는 인고의 시간도, 끝이 없는 고독의 시간도, 서로를 멀리해야만 하는 불편한 시간도 어쩌면 그런 등대 하나 우리 마음에 세워가는 과정인지도 모른다.

우 리 가

아 는

그 여 름

너와 파도를 탈 수 있다면

뜨거운 햇살이 쩽쩽하던 한낮에 어디선가 갑자기 먹구름이 몰려
와 삽시간에 사방이 어두워지더니 한바탕 시원하게 소나기가 쏟
아진다. 온 세상이 떠나가라 요란하게 쏟아지던 비는 멈추는 것도
갑작스럽다. 무슨 수를 써도 멈추지 않던 딸꾹질처럼 소나기도 갑
자기 뚝 멈추고는 아무 일 없었다는 듯 파란 하늘을 돌려준다. 저
멀리 무지개가 희미하게 인증 마크를 남겨놓는다. 실컷 흙장난하
며 놀다가 말끔하게 씻고 난 아이처럼 세상도 말간 얼굴로 싱그러

운 내음을 풍기며 새롭게 다가온다. 잎새들은 더 파래졌고, 촉촉이 젖은 보도블록도 때깔이 좋다. 매미 우는 소리마저 촉촉한 물기를 머금어 그런지 한결 부드럽게 들린다. 그 맑고 시원한 물의 기운이란! 세계 어느 곳을 여행해봐도 우리나라의 여름 같은 기운을 느낀 곳은 없었던 것 같다.

그 어떤 외국 영화 속에서도 우리의 여름 기운을 전해주는 영상을 보지 못했다. 그런데 어쩌다 일본 애니메이션을 보면, 일본과 우리가 같은 기후대에 살고 있다는, 그토록 가깝다는 실감이 확 든다. 풀잎이 머금고 있던 물을 똑똑 떨어뜨리거나 지붕에 고인 빗물이 처마 끝으로 뚝뚝 떨어지는 장면으로 막 비가 그친 것을 표현하는 것도 비슷하다. 일본 사람과 한국 사람이 공유하는 '여름의 정서'라는 것이 있는 게 틀림없다. 그래서 여름이 되면, 일본 애니메이션 한두 편쯤 수입 개봉이 되고, 사람들은 기꺼운 얼굴로 그 이야기를 만나러 가는지도 모른다. 만화 영화 속 세상이 기상이변이나 알 수 없는 힘으로 물에 잠기고 주인공들도 물에 흠뻑 젖는다. 그래도 괜찮다. 말끔하게 그려진 애니메이션 속의 수해 속에는 악취가 없으니. 수인성 전염병이나 피부염도 걱정 안 해도 된다. 그림 속의 주인공들은 파란 물결 속에서 한층 더 멋지고 싱그럽게 피어날 뿐이다. 지난 여름에도 어김없이 주인공들이 푸른 물결을 헤치며 푸르게 성장하는 이야기가 일본으로부터 도착했다. 유아사 마사아키 감독의 〈너와 파도를 탈 수 있다면Ride Your Wave〉(2019).

청춘에 드리운 두 개의 그늘

∞∞∞∞

영화는 오늘날의 청춘이 갖고 있는 두 개의 문제를 그려 보여준다. 그것도 아주 맑고 산뜻하게. 여자 주인공 히나코는 자신의 삶에 대한 큰 그림이 없는 철부지 여대생이다. 지금은 누가 봐도 그저 서핑광일 뿐이다. 어려서부터 바다에서 노는 것이 좋았던 히나코는 집에서 멀리 떨어진 대학의 해양학과에 진학했다. 미래에 대한 계획이 있어서가 아니고 그저 매일 서핑하기에 최적의 환경을 찾아낸 것뿐이었다. 남자 주인공 미나토는 히나코가 이사 온 지역의 소방관이다. 아홉 살 때 물에 빠져 죽을 뻔한 사건을 계기로 남을 돕는 사람이 되겠다고 일찌감치 삶의 목표를 정했다는, 단단하고도 다정한 청년이다. 미나토는 소방서 옥상에 올라가 바다를 바라보곤 한다. 정확하게는 멋지게 파도를 타고 있는 히나코를 보고 있다. 곁의 후배에게 "나의 히어로야."라고 그녀를 소개하지만 말 한 번 걸어보지 못했다. 그는 아직도 바다가 두렵다. 다른 건 다 노력해서 배울 수 있었는데, 파도타기는 못 배울 것 같다. 넘지 못할 벽이 있다는 게 답답하다.

좀처럼 자신의 길을 찾지 못하는 것과 과거의 그림자에서 자유로워지지 못하는 것. 어느 쪽이 더 힘겨울까? 사실 이런 비교는 의미가 없다. 저마다 다를 테니. 객석의 청춘들이 이 두 갈래의 고민에 자신의 경우를 대입하여 상념에 잠기는 사이, 우리의 히나코와 미나토는 달콤한 데이트를 이어가며 사랑에 빠진다. 그리고 어느새 미나토는 멋지게 파도를 타고 있다. 히나코는 미나토가 자랑스럽지만, 자신이 초라하게 느껴진다.

"제대로 파도를 타게 되면 언젠가 나도 확실히 땅에 발을 딛고 미나토처럼 나의 일을 찾고 싶어."

히나토의 뜬금없는 소리에 갑자기 정신이 번쩍 든다. 으응? 히나토는 자기가 제대로 파도를 타고 있다고 생각하지 않고 있구나! 히나토에게 중요한 건 파도를 멋지게 타는 것처럼 보이는 것이 아니라 제대로 파도를 타고 있다고 느끼는 것이로구나!

그때 미나토가 히나토를 바라보며 다정하게 대답해준다.

"너를 도와주고 계속 응원할 거야. 너만의 파도를 탈 수 있을 때까지."

이 대답 역시 너무나 인상적이었다. 내가 아는 남자라면 위로랍시고 이렇게 말했을 것 같다.

"지금도 파도 잘만 타잖아. 이제 그만 타도 돼. 파도는 내가 탈 테니 너는 집에서 편히 집안일이나 하며 놀고 있어."

너와 함께 파도를 타려면

◇◇◇◇◇

이스라엘에는 서핑스쿨이 있다는 얘길 들은 적이 있다. 바닷가에서 한철 열리는 캠프가 아니라 아이들이 정식으로 다니는 학교다. 정규학교는 아니고 대안학교인데 교사와 학생 간 위계가 없는 민주학교로 유명하다. 이 학교에서는 물론, 파도타기를 정규 교과목으로 운영한다. 아이들은 수업시간에 파도타기의 기술을 익힌다. 파도를 기다리고 올라타고 즐기고, 다시 다음 파도를 기대하며 나아가는 것 그 자체가 바로 삶이라는 것을 몸에 새긴다. 파도가 숱하게 지나간 아이들의 몸은 사춘기의 고민과 숱한 숙제들을 씩씩하게 헤쳐나가고 세상에서 만나는 모든 시련 앞에서 당당하고 자유로울 것이다. 교단과 교탁이 없는 학교, 파도를 교실 삼아 서핑의 기술과 철학을 몸에 새기는 아이들. 그 아이들의 미래는 어떤 모습일까?

〈너와 파도를 탈 수 있다면〉의 주인공 히나코와 미나토에게도 그런 학교가 있었다. 바로 '사랑'이라는 학교다. 서로를 잘 사랑하는 법을 잘 배운 청춘들은 자기만의 파도를 타는 법도 잘 배운다. 친구가 자기만의 파도를 탈 수 있게 응원하는 법도 잘 알고 있다.

파도의 포말 대신 마스크의 흰 물결 속을 헤치고 다닌 올 여름의 풍경을 결코 잊지 못할 것이다. 코로나 바이러스라는 파도를 함께 헤쳐나가면서 우리는 지구라는 한배를 탄 인간의 운명에 대한 각별한 연대감을 몸과 마음에 새기게 되었다. 또, 나에게 온 파도는 내가 넘어야 한다. '너와 파도를 탈 수 있다면'이라는 조건절 뒤에는 어떤 말이 생략돼 있는 걸까. '혼자서도 파도를 탈 수 있어'가 아닐까. 어떤 파도를 만나든 부디, 히나코와 미나토처럼, 서로를 힘껏 응원하며 마음껏 즐길 수 있기를.

Grand Blue

순풍에 돛 단 듯한
삶은 없다

나 도 모 르 는
내 마 음

심연

맹렬한 한파에 진저리를 칠 때면 절로 떠올려지는 영화 속 장면이 하나 있다. 영화 〈타이타닉Titanic〉(1997)에서 잭이 로즈를 바다 위에 남겨둔 채 차가운 바닷속으로 잠겨드는 장면이다. 아무리 사랑하는 여인과 함께 있다지만, 그 차디찬 물속에 몸을 담근 채 의식이 남아 있는 마지막 순간까지 버틴다는 건 얼마나 고통스러운 일일까. 〈타이타닉〉의 감독 제임스 카메론은 1989년에도 비슷한 장면을 영화 속에 담은 적이 있다. 〈심연The Abyss〉(1989)의 여주인공

린지가 남편 버드(에드 해리스 분)에게 안긴 채 깊은 바닷물 속에서 숨을 멈추는 장면이다. 한 사람은 사랑과 믿음으로 충만한 채 바다와 하나가 되고, 살아남은 나머지 한 사람은 슬픔에 가득 차 고통으로 몸서리친다. 삶과 죽음은 마치 연인처럼 찰싹 달라붙어 있지만, 그 사이에는 보이지 않는 심연이 가로놓여 있다. 그 심연이 내게서 가장 가까운 존재를 내게서 가장 먼 존재로 만든다. 이 지구상에서 내가 잴 수 있는 가장 먼 거리는 바로 내 등 뒤까지인 것처럼.

당신이 심연을 들여다볼 때

◇◇◇◇

때는 미·소 냉전이 극에 달하던 시절, 미국의 핵잠수함이 알 수 없는 물체에 부딪혀 침몰하는 장면으로 영화 〈심연〉의 이야기는 시작된다.

미국은 이를 소련의 공격으로 몰아가고, 소련 측은 모르쇠로 일관하며 갈등은 극으로 치닫는데, 지켜보는 시민들의 반응은 심드렁하기만 하다. 전쟁이 나면 나는 거지 힘없는 개인이 뭘 어쩌겠냐는 거다. 전쟁이 일어날 상황에 대비해 핵무장을 했지만 바로 그것 때문에 사람들의 가슴에서 희망이 사라진다.

해법이 없는 이 복잡한 문제를 느닷없이 떠맡은 이들은 한 민간석유회사의 직원들이다. 핵잠수함이 침몰된 곳으로부터 22마일 떨어진 곳에 있던 시추선에서 근무하던 사람들이 느닷없이 지구의 운명을 짊어지게 되지만 이들에 대해선 아무것도 알려지지 않는다. 우주로 쏘아올려지든 바닷속으로 떨어지든, 지상에서 멀어진 인간의 처지란 마찬가지인 것 같다. 신경이 날카로워지고, 낯선 것에 대한 두려움이 증폭되며, 극한의 고독에 내몰린다. 그걸 두 시간 넘겨 지켜보는 관객도 덩달아 피로해진다. 그러나 그 갑갑한 여정에서 쉽사리 발을 뗄 수는 없을 것이다. 이 영화가 보는 사람들 각자의 심연을 건드리기 때문이다.

나도 모르는 내 마음

◇◇◇◇◇

수심 2천 피트에 가라앉은 핵잠수함을 구조한답시고 바다 위에는 항공모함이 떴다. 그 위에 헬리콥터 한 대가 착륙하고, 문이 열린다. 전투복에 군화만 왔다 갔다 하던 화면에 갑자기 검은 하이힐이 나타난다. 하이힐을 신은 여인이 긴 머리칼을 휘날리며 뚜벅뚜벅 걸어온다. 그녀의 등장에 남자들이 일제히 한숨을 내쉰다. 침몰한 핵잠수함 수색을 위해 모인 군인과 전문가들이 일순간 '남자들'로

뭉치는 순간이다. 이 작전에 강제 동원된 시추선의 대장 버드도 예외는 아니었다.

"저 여자 좀 안 봤으면 좋겠어."

버드가 말하는 '저 여자'란 그가 몸담고 있는 시추선 딥코어호를 설계한 실력 있는 엔지니어이자 그의 아내인 린지다. 그녀는 해군을 돕는다는 명목으로 나섰지만 실은 자신이 만든 시설이 망가질까 봐 온 것이었다. 그녀 자신도 모르는 진실은 물론 따로 있었는데, 버드가 거기에 있기 때문이다.

린지와 버드의 부부 관계는 이미 어긋났다. 린지는 남편에게서 이해받지 못한다고 느꼈고, 사랑이 끝났다고 생각했다. 그래서 다른 남자를 만나며 남편에게 상처를 주었다. 린지는 느끼는 대로 행동하는 사람이다. 반면 버드는 생각하는 대로 느끼는 사람이다. 자신이 아내보다 나은 게 없다고 생각한 버드는 아내가 자신과의 결혼생활에 만족하지 못한다고 느낀다. 그래서 아내가 다른 남자를 만난다고 해도 아무렇지 않은 척하며, 상처 받은 걸 들키지 않으려고 바닷속으로 숨어버렸다. 그렇게 둘은 마음의 문을 닫은 채 서로에게 보란 듯이 맹렬하게 살았다. 그들의 삶을 이끄는 것은 서로를 미워하는 에너지였다. 미·소간 냉전과 대립의 구도가 이 부부의 관계 속에 투영된 셈이다.

심연도 당신을 들여다본다

◇◇◇◇

남성들이 우글거리는 세계에서 린지는 전사가 돼야 했다. 지극히 합리적인 자신의 주장 하나를 납득시키기 위해 피를 토하듯 싸워야 했으니. 그 모습에 덩달아 화가 치미는 건 단지 내가 여성이기 때문인지도 모르겠다. 그렇게 애써 싸워서 마침내 딥코어호에 도착한 린지는 그곳의 유일한 여자직원인 원나잇에게 반갑게 인사를 건네는데, 그때 원나잇의 심드렁한 반응이 준 충격은 내가 여성이라서 느끼는 것이라고만은 할 수 없을 듯하다. 약자가 약자에게서, 소수자가 소수자에게서 외면 받을 때의 슬픔은 잊으려야 잊을 수가 없는 것이다. 버드 역시 한술 더 뜨는데, 린지가 핵잠수함 근처를 탐사하다 본 외계 생명체 이야기를 하자 수압 때문에 헛것을 본 것이라 일축해버린다. 후에 혼수상태였던 동료가 깨어나서 천사를 봤다고 했을 때에야 버드는 비로소 린지의 말이 헛소리가 아니었다는 걸 인정한다. 진실을 모르는 쪽이 다수일 때, 진실을 아는 소수의 목소리가 묵살되는 건 흔히 보는 비극이지만, 자신이 바로 그 소수의 자리에 있을 때 내 사랑하는 사람이 다수의 편에 서는 것을 보는 것은 고통스럽다. 이 세상이 다 몰라줘도 자신을 믿어주는 단 한 사람, 그 사람이 바로 남편이고 아내였으면 하는 것은 모든 부부의 소망일 것이다. 하지만 현실은 오히려 그 반대이기가 쉽다. 남편의 훌륭한 면모를 그 아내가 가장 나중에 알고, 아내의 참된 가치를 남편이 끝내 모른다. 부부 사이에는 그와 같은 심연이 있다. 부모와 자식 사이, 형제들 사이도 마찬가지다. 어쩌면 이 영화는 그것에 대한 이야기인지도 모른다. 당신과 나 사이에 있는, 우리들 자신도 인식하지 못하는, 깊은 골짜기. 그 심연을 들여다보는 데에는 용기가 필요하다.

"당신이 심연을 들여다보면, 심연도 당신을 들여다본다."

니체의 말이다. 제임스 카메론 감독은 영화 〈심연〉의 맨 첫 화면에 이 글귀를 띄웠다. 당신과 당신의 가장 친밀하고도 낯선 그 사람. 그 사이의 심연을 들여다보면, 이 세계의 심연도 당신에게 모습을 드러낼 것이다.

바 다 가
갈 라 지 는 아 픔 으 로
살 다

씨 인사이드

바닷가에 사는 사람은 우울증을 앓을 확률이 높다고 한다. 바다가 삶의 터전인 사람들에겐 그런 일반화가 마땅치 않겠지만, 별로 하는 일도 없이 외로운, 또는 심신 어딘가가 편치 못한 사람이 망망 대해가 보이는 곳에서 오래 기거한다면 그럴 수 있겠다 싶다. 생각 할수록 모르겠다. 바다가 길이었고, 삶이었던 이에게 바다는 열려 있는 가능성이자 자기 한계를 인정하게 하는 벽일 수 있다. 바다로 갈 수 없다면 바다가 거기 있다 한들 무슨 소용이랴. 또 지금 바다가 눈앞에 있다 한들, 바다에 대한 의미 있는 경험이 없다면 눈앞의 바다는 그저 한 폭의 그림에 지나지 않는다. 하긴 그 무엇이라도 그렇지 않을까. 삶도, 이야기도, 사랑도, 그것을 통과하는 사람의 깊이와 넓이에 따라 의미가 달라지기 마련이니……. 바다에 관한 영화를 볼 때마다 아득한 기분이 드는 것은, 언젠가 내가 바다에게서 어떤 '아득함'을 보았기 때문이다. 그건 순전히 내 깜냥만큼의 아득함이다.

라몬의 바다

◇◇◇◇◇

영화 〈씨 인사이드The Sea Inside, Mar Adentro〉(2004)의 주인공 라몬 삼페드로는 성인이 되자마자 바다로 간 사람이다. 뱃사람이 되어 수년간 세계를 여행했다. 그는 바다와 가까운 시골에서 자랐고, 형역시 뱃사람이었다. 하지만 지금 그는 바닷바람 한 점 느낄 수 없는 침실에 누워 있다. 거기서는 산이 더 가깝다.

26년 전, 그는 바다 앞에서 삶을 놓아버렸다. 바닷가 바위 위에서 다이빙을 했다. 물이 빠질 무렵이었으므로 머리가 모래밭에 파묻히고 말 거라는 걸 모르지는 않았을 것이다. 라몬은 목뼈가 부러졌다. 하지만 누군가의 손에 이끌려 나와 간신히 목숨은 구했다.

스물세 살 청년이 삶을 놓아버리게 한 건 무엇이었을까? 영화는 그 사연을 자세히 들려주지는 않는다. 전신불수로 드러누운 그의 침상에 그와 사귀던 여인이 찾아와 결혼하자고 했고, 그가 돌려보냈다는 이야기만 얼핏 나온다. 어쩌면 그는 사랑했던 그녀에게서 결혼 허락을 받아내고 싶어서 몸을 던지는 무리수를 쓴 것일지도 모른다. 스물셋이라면 그 정도로 무모할 수도 있겠다. 허나, 자세한 사정은 알 수 없다. 분명한 건 그가 자신에게 온 세상을 보여준 바다에 자신의 모든 것을 처박았다는 것뿐이다. 이후 라몬은 단 한 번도 바다를 찾지 않았다. 줄리아를 만나기 전까지는. 줄리아는 그를 다시 바다로 데려다줄 것으로 기대되는 사람이었다. 누군가 다시 건져올릴 수 없는 아주 깊은 바다로……. 그런데 줄리아가 그를 데려가기 전에 그의 몸이 먼저 움직였다.

"해변에 산책하러 간다고 했어요."

형수가 그렇게 말해주었을 때였다. 줄리아가 해변에 있다는 걸 안 라몬의 몸이 침대에서 일어난다. 마치 오늘 아침에도 그랬다는 듯 너무도 자연스럽다. 그러곤 창밖으로 몸을 날린다. 숲 위를 날아서 줄리아가 걷고 있는 모래밭 위에 사뿐히 선다. 그의 몸은 건장하고 눈빛은 그녀를 향한 사랑으로 타오른다. 물론 라몬의 상상 속에서 일어난 일이지만, 그 상상이 너무도 강렬해서 그날 그 바닷가, 라몬과 줄리아의 키스는 현실보다 더 강렬하게 그들의 뇌리에 남았다. 어쩌면 동시에 같은 상상을 했는지도 모른다. 둘은 죽음이라는 깊은 바다에 함께 이르길 원했다. 전신불수인 라몬과 퇴행성 질환으로 점점 몸이 굳어가는 줄리아. 둘이 함께할 수 있는 세계는 그곳뿐이기 때문이다.

바다가 갈라지는 아픔으로 살다

◇◇◇◇◇

전신마비 상태로 침대에 26년째 누운 채로 지내고 있는 라몬의 표정은 전혀 우울해 보이지 않는다. 유일하게 마비되지 않은 그의 얼굴은 언제나 웃고 있다. 남들을 웃게 만드는 농담 솜씨도 일품이다. 그래서 그의 침실은 외롭지도 우울하지도 않다. 그는 배로 바다를 여행하는 법을 알듯이 누운 채로 온 세계를 여행하는 법을 알았다. 누워서 책을 읽고, 글을 쓰고, 음악을 들으며 내면의 바다를 넓혔다. 심지어 그는 누운 채로 아이도 길러냈다. 그의 조카는 누워 있는 삼촌의 침상을 날마다 방문하며 자라났다. 조카에게 라몬은 바다처럼 넓고 아무리 캐물어도 신비한 것이 넘치게 흘러나오는 세계였다. 라몬은 마비된 몸으로도 일상을 가꿀 줄 알았고, 여인의 사랑을 이끌어낼 줄 알았다. 그의 간병을 도맡은 형수는 26

년을 하루처럼 그를 돌봤다. 그를 돌보는 일이 즐겁지 않았다면, 그렇게 긴 세월을 견뎌낼 수 없었을 것이다. 자신이 혼신을 다해 돌보는 라몬이 그토록 간절히 원하는 것이 죽음이라는 것과 그 소원을 들어줄 길이 없다는 사실도 그녀를 괴롭게 하지만, 가장 못 견딜 일은 아무것도 모르는 사람들의 생각 없는 말이었다. 자살을 원하는 라몬의 이야기에 대한 세간의 논평은 말할 수 없이 잔인했다(라몬이 죽기를 원하는 건 애정이 부족해서가 아니냐고 사람들은 너무도 쉽게 말하곤 했다). 정기적으로 그를 방문하는 호스피스 역시 라몬을 무척 아꼈는데, 그녀는 라몬을 통해 생사관이 바뀌었다. 라몬 같은 이가 스스로 삶을 끝낼 권리가 법적으로 허용될 수 있어야 한다고 생각한 그녀는 그의 죽음을 도울 방법을 백방으로 찾아본다. 라몬이 바라는 것은 이 삶을 자기 의지로 평화롭게 마감하는 것이고, 약간의 약물을 주사하는 것으로 충분한 일이지만 현행법상 불법이기에 그녀는 라몬을 위해 소송에 나서줄 법조인을 찾아냈다. 그 사람이 바로 변호사 줄리아다. 의식이 온전한 상태에서 자신의 죽음을 결정하고 싶어 한다는 점에서 라몬의 의지에 진정으로 공감해줄 유일한 변호사라는 점 때문에 줄리아는 라몬의 변호사로 받아들여졌다. 퇴행성 질환을 앓으며 언제 의식이 끊어질지 모른다는 두려움의 바닷속을 방황하는 줄리아. 그녀의 남편은 아내의 이런 고통을 조금도 이해해주지 않았다. 이대로 무의미한 삶을 지속할 수 없다는 라몬의 의지와, 의식이 살아 있을 때 스스로 목숨을 끊고 싶다는 줄리아의 의지 중 어느쪽이 더 간절할까. 그런데 언젠가부터 줄리아가 찾아오지 않았다. 줄리아가 죽지 않았다는 걸 라몬은 안다. 줄리아가 찾아오지 않는 건 라몬을 기억하지 못하기 때문이다. 그런 줄리아에게는 삶을 그만두려는 의지에 대한 기억도 더 이상 남아 있지 않다. 라몬은 바다가 갈라지는 아픔을 느낀다. 줄리아가 산 채로 죽었기 때문이다.

나의 바다는

◇◇◇◇◇

라몬은 바다를 통해 온 세상을 보았지만 바다 앞에서 삶을 놓았다. 26년간 바다를 등지고 살아왔지만 그녀가 나타나 그를 바다로 이끌었다. 줄리아를 만난 후 눈을 감고 상상의 나래를 펴면 언제든 바다로 갈 수 있었다. 현실에서는 그녀와의 거리를 1미터도 스스로 좁힐 수가 없었는데 그녀에 대한 사랑과 욕망이 그걸 가능케 했다. 그는 더 이상의 기대도 두려움도 원망도 없이 바다로 영영 돌아가고자 한다. 태어날 때 그랬던 것처럼. 하지만 태어날 때 없었던 의지는 가지고 돌아가고자 한다. 처음에 바다는 펼쳐진 현실이었고, 그다음엔 절망의 끝이었으며, 나중엔 부질없는 환상이기도 했다. 그 모든 여정이 끝나면 그는 바다의 일부가 될 것이다. 평범한 바다 사나이의 슬픈 소망을 그린 이 이야기는 스페인에서 실제로 있었던 일을 바탕으로 했고, 생명 윤리에 관한 토론 수업에서 자주 다뤄진다. 부자유한 몸 때문에 절망하거나 기억이 사라지는 병에 걸린 사람만이 이 이야기의 주인공이 될 수 있는 것은 아니다. 우리는 모두 어딘가에 갇혀 있다. 온갖 관계에, 무의식적으로 주입된 편견에, 자신과 타인의 욕망 속에 갇혀 살아간다. 자유롭고자 하지만 내가 자유를 원했다는 사실조차 잊고 살기도 한다. 무의식의 아주 깊은 곳의 진정한 나는 이 순간에도 죽음이라는 바다를 부르고 있을 것이다. 우리는 모두 영원의 바다를 향해 어디쯤 가고 있다. 잠들어 있지 않다면, 최소한 그 좌표를 짚어보는 노력쯤은 때때로 해보아야 하지 않을까.

순 풍 에

돛 단 듯 한 삶 은

없 다

안나

뤽 베송 감독의 〈안나ANNA〉(2018)는 1985년 모스크바에서 이야

기가 시작된다. 그리고 3년 전, 3년 후, 6개월 전, 3개월 전……. 이

런 식으로 앞으로 뒤로 성큼성큼 시간을 건너뛰며 이야기는 촘촘

하게 진행된다. 안나. 앞으로도 읽어도 안나, 뒤로 읽어도 안나인

그녀는 쳇바퀴를 도는 다람쥐처럼 달려도 달려도 제자리로 돌아

오는 감옥에 갇힌 신세다.

　그녀는 믿고 싶은 것을 믿었다. 시궁창에 처박힌 것 같은 자신

의 신세를 구해줄 것 같은 사람을 말이다. 그래도 나를 사랑하겠지, 그래도 나에게 손을 내밀어준 사람이니까, 이번엔 정말이겠지…… 그러다 "너 자신을 믿어"라는 한마디를 동아줄 삼아 다른 세계로 건너가보지만 그곳 역시 탈출이 불가능한 힘겨운 감옥이었다.

결정적인 순간에 또 다른 동아줄이 내려오고, 그걸 다시 믿어보고 싶은 마음. 그건 이 세계를 사는 약자이자 완전하지 않은 인간이라면 누구나 경험하는 일이다. 그러나 믿고 싶은 것은 곧 믿고 싶었던 것이 되고, 결국 믿을 수 있는 것이 아니라는 걸 깨닫기까지 그리 오랜 시간이 걸리지 않는다.

그녀가 간절히 원하는 것은

◇◇◇◇◇

"너에겐 재능이 있어. 그리고 분노도."

그녀가 사냥감이 된 이유다. 젊고 아름다우며 물려받은 재능이 있다. 거기 불을 붙일 분노가 있었다. 쓸 만한 인재로 훈련시키기에 알맞은 재목이다. 이런 사람들이 시대의 땔감이 되어 한 줌 재로 스러져간다(냉전시대에 그랬다는 설정인데 지금도 크게 다르진 않다). 주인공 안나에겐 소련의 KGB나 미국의 CIA나 마찬가지였다. 그들이 무엇을 위해 그녀를 필요로 하는지도 중요하지 않았다. 영화 속 KGB와 CIA의 거물들도 대단한 사명감이나 애국심 때문에 첩보활동을 하는 것은 아니었다. 그들은 자신들의 조직과 활동을 유지하는 데에만 관심이 있었다. 그들의 충실한 도구로써 그녀가 필요했을 뿐이다. 안나는 주어진 미션에 따라 목표물을 제거하고, 인정을 받는다. 그럴수록 위험은 더욱 커져만 간다. 그들이 일깨워준 재능과 갈고닦아준 능력을 발휘하며 숱하게 죽을 고비를 넘기면서 안나는 비로소 알게 된다. 자신이 원하는 게 뭔지 점점 분명해졌다. 바로, 자유와 안전이다(소련과 미국의 냉전이 구시대의 유물이 되어버린 이 세계에서 우리가 원하는 것 또한 마찬가지가 아닌가? 그렇다면 그때로부터 달라진 게 하나도 없는 셈인가?)

안나의 남자들

◇◇◇◇◇

첫 번째 남자는 거리에서 만났다. 사고로 부모님을 잃고 고아가 된 그녀의 삶은 모스크바 뒷골목의 건달을 만나 약물중독과 학대로 일그러질 대로 일그러졌다. 안나는 희망이 없는 그 시궁창 같은 삶에서 벗어나기 위해 본능적으로 해군에 지원했다. 그런데 그녀를 찾아온 것은 해군이 아니라 KGB 요원 알렉스. 그는 안나에게 1년간의 훈련과 4년간의 임무를 제안했다. 5년이 지나면 자유를 주겠다고 약속했다. 그러나 안나는 곧 알게 된다. 그 5년이 지날 때까지 살아남지 못할 거라는 걸. 실제로 그런 위기가 왔고, 그때 새로운 제안을 받는다. 안나를 체포한 CIA 요원 레너드는 KGB의 수장을 제거해주면 원하는 걸 주겠다고 한다. 안나는 코웃음을 친다. 그걸 믿으라고? 하지만 믿는 수밖에 다른 길은 없었다. 뭘 원하냐는 레너드의 질문에 안나는 답한다. 해변에서 살고 싶다고 했다. 하와이에서. 하와이에서 보내는 노년은 안나 부모님의 계획 또는 꿈이었을 것이다. 부모님이 냉장고에 붙여놓았던 사진의 이미지를 마음속에 간직하고 있었던 안나. 그런 안나에게 레너드는 약속한다. 그 임무만 해내면 자신이 안나를 탈출시켜주겠다고, 하와이의 섬에 저택을 준비해놓겠다고, 거기로 안전하게 데려다주겠다고. 내가 원하는 곳에서 원하는 방식으로 살 수 있는 자유와 안전을 보장받고 싶다는, 어쩌면 지극히도 평범한 이 꿈은 안나에게 여전히 너무도 위험하고도 멀어 보였다. 피비린내 진동하는 살육과 배신과 고통이 따르는 길이었다. 안나는 과연 그 동아줄을 잡을 것인가.

안나는 자신에게 다가와 손을 내민 세 남자 모두를 믿었고, 매번 그 믿음에 자신을 완전히 걸었다. 첫 번째 남자는 그녀를 떠나지 않는다는 믿음을 주었다. 그건 절대 놓아주지 않는다는 것과 같은 뜻이었지만. 두 번째 남자는 그녀에게 자유를 약속했다. 그건 안나가 죽기 전엔 이뤄질 수 없는 약속이었지만. 세 번째 남자는 하와이 해변가의 집과 안전을 약속했다. 그러나 그것 역시 그녀가 그가 기다리는 장소에 약속한 시간까지 살아서 나왔을 때에 가능한 얘기였다. 그녀의 삶에서 반복되고 있는 '약속-약속이행불능'이라는 이 뻔한 패턴을 지켜보며 관객들은 고개를 젓는다. 여자들은 안나의 저 삶이 바로 자신의 이야기라는 듯 한숨을 내쉰다. 그(첫 번째 남자)가 손을 내민 첫 남자였기 때문에 안나는 자신의 삶을 의탁했다. 그(두 번째 남자)는 그녀의 잠재력을 알아봐주었기 때문에, 그리고 누구보다 강했기 때문에 안나를 얻었다. 안나는 해군 장성의 딸이었으며 체스에 재능이 있었다. 제대로 교육받으면 대단한 능력을 발휘할 거라고 그는 기대했다. 자신의 잠재력을 제대로 알아봐준 남자에게, 자신의 재능을 필요로 하는 남자에게 어떤 여자가 희망을 걸지 않을 것인가? 그렇다면 마지막 남자 레너드는? CIA의 레너드는 전 남자들보다 덩치도 훨씬 작고 유약해 보이지만 그에 대한 안나의 태도는 전과 사뭇 다르다. 레너드와 엮인 후론 그의 마음을 사로잡고 믿음을 주기 위해 훨씬 더 적극적으로 노력하는 모습을 보인다. 가방을 바꿔드는 몸짓을 보고 안나의 변장을 알아챘다는 그의 섬세한 관찰력이 안나를 가일층 자극한 것인지도 모른다. 자신을 지키기 위해 필사적으로 애를 써야만 하는 약자는, 적이 넘어뜨릴 수 없을 정도로 강할 때가 아니라 적이 한 없이 섬세할 때 더욱 치밀하게 단련되는지도 모른다.

안나의 여자들

◇◇◇◇◇

그리고 안나 곁엔 여자들이 있었다. 파리에서 패션모델이라는 가 면을 쓰고 암약할 때의 룸메이트 모드. 그녀는 안나에 대해 아무것 도 모르지만 안나를 사랑한다. 안나가 어려운 상황에 있다는 것을 어렴풋하게 느끼고는 있지만 모드는 그저 안나를 사랑할 뿐이다. CIA가 안나의 행적을 좇을 때에도 모드는 '아무것도 모른다'는 것 이 너무도 분명한 덕분에 해를 입지 않는다. 사랑하는 사람에 대한 완벽한 신뢰란 자고로 그 정도 경지는 되어야 할 것이다(결코 쉽지 않다). 그리고 또 한 여자, KGB의 올가가 있었다. 안나를 가혹하게 몰아치는, 악독하고도 노련한 상관이다(이 또한 쉽지 않다). 첫 번째 임무에 나서는 요원에게 총알 없는 빈 총을 주어 보낸 것에 대해 안나가 원망을 하자 그녀는 눈 하나 꿈쩍하지 않고 이렇게 쏘아붙 인다.

　"네 도구는 네가 점검했었어야지."

그러곤 자신이 다리를 절게 된 사연을 들려준다. 수십 년 전 작전 중에 늑대가 득실거리고 늑대 덫은 더 많은 후미진 구역에 밤중에 혼자 떨어졌을 때였다고 한다. 늑대 덫에 걸린 다리를 끌고 사흘 만에 아사 직전의 상태로 돌아왔을 때 상관은 그녀의 다리에 물린 덫을 풀어주기는커녕 드라이버만 하나 툭 던져주었다고 했다. 그러면서 뭐라고 했다더라? 좀 전에 본 영화인데도 기억이 잘 나지 않는다. '위기는 언제나 예기치 않게 찾아오지'였던가 아니면 '네 도구는 네가 챙겼어야지'였던가. 그렇다. 늑대 덫에 걸렸으면 그 덫을 스스로 풀 생각을 해야 한다. 다른 사람이 풀어주기를 바라선 안 된다. 아무리 발버둥쳐도 한번 그녀를 문 덫은 그녀를 더욱 강하게 옥죌 뿐이었다. 올가에게 남긴 마지막 영상에서 안나는 이렇게 말했다.

"많이 배웠어요."

그녀는 남자들에게서가 아니라 여자들에게서 배운다. 사랑하는 법도, 운명에서 벗어나는 법도.

때로는 성큼성큼, 때로는 조밀하게 시간을 건너뛰며 시대를 잘못 타고 태어난 가녀린 청춘의 잔혹사를 끝도 없이 펼쳐보이던 영화의 끝이 참으로 교훈적이다.

완벽하게 신뢰하라. 자신이 사랑하는 것을 그리고 자기 자신을. 자기 덫은 스스로 풀라. 그 누구도 기다리지 말라. 바다로 데려다주겠다는 약속 따윈 믿지 말라. 그 바다가 네가 원한 자유의 바다가 되려면 거기까지 네 발로 가야 한다. 순풍에 돛 단 듯한 삶은 없다.

영화는 안나가 그토록 원한 바다를 단 한번도 보여주지 않았다. 안나는 지금도 그곳을 향해 가는 중이다.

인 생 의 여 름 이

저 물 어 가 는
시 간

리플리

르네 클레망Rene Clement 감독의 영화〈태양은 가득히Purple Noon〉
(1960) 속 알랭 들롱이 연기한 톰은 완벽한 미남자다. 하지만 그는
가난하다. 톰을 고용한 대부호의 아들 필립처럼 부유하다면 얼마
나 좋을까. 하지만 톰이 가진 건 아름다운 육체뿐이다. 그는 필립
의 방에 들어갔다가 무심코 거울 앞에 놓인 필립의 신발을 신어보
게 되었다. 신발을 신으니 옷을 입어보고 싶어졌고, 타이도 매어보
게 되었다. 머리카락도 손가락으로 쓱쓱 빗질해 필립과 비슷한 스

타일로 만들어봤다.

바다 위의 두 청춘

◇◇◇◇◇

거울 속에는 톰이 아니라 필립이 서 있는 것 같다. 아니, 필립보다
더 근사한 남자가 서 있다. 필립이 가진 걸 가질 수만 있다면 지금
의 나보다, 지금의 필립보다 훨씬 멋진 사람이 될 것만 같다. 아니,
사실 거기까진 생각하지 못했다. 톰은 그저 필립의 삶이 그림처럼
아름다워서 이것저것 기웃거리고 있었을 뿐이다. 필립은 톰에게
잘해주고 친절하게 굴다가도 다른 사람 앞에서는 없는 사람처럼
무시하고, 함부로 대하기도 한다. 또래 친구로 마음을 여는가 싶다
가도 어느 순간 차갑게 무시한다. 그런 필립의 변덕을 잘도 받아주
던 톰이었다. 여름의 태양이 뜨겁게 쏟아지던 어느 날, 바다 위 하
얀 요트 위에 단 둘이 있을 때, 톰의 표정이 변한다. 필립의 얼굴에
도 불안이 스친다. 어쩐지 그는 이 일을 피할 수 없음을 예견하고
어느 정도 체념한 듯도 하다. 뜨거운 태양 볕 아래서 단 둘이 바다
위에 떠 있는 상황이다. 두 사람을 구분짓던 모든 것이 휘발되고
감정은 농밀하게 응축되었다. 톰에게는 욕망과 분노가 있다. 필립
에게는 너무 경솔하게 경계심을 풀어버렸다는 낭패감과 함께 두

려움이 있다. 사람을 움직이게 하는 가장 큰 동력이 질투와 시기라 했던가. 사람을 미치게 하는 건 한낮의 뜨거운 햇살일 수 있다. 까뮈의 소설 『이방인』 속 뫼르소가 그랬듯이.

60년의 바다와 99년의 바다

◇◇◇◇◇

1999년 안소니 밍겔라 감독의 영화 〈리플리The Talented Mr.Ripley〉 (1999)는 1960년 르네 클레망 감독의 영화 〈태양은 가득히〉와 원작을 공유한 작품이다. 미국 작가 퍼트리샤 하이스미스의 소설 『재능있는 리플리』다. '현대문학사상 가장 카리스마 넘치는 사이코패스'라 평가받는 톰이라는 캐릭터를 만들어낸 이 소설의 인기도 대단했다고 한다. 안소니 밍겔라 감독의 〈리플리〉 속 톰은 〈태양은 가득히〉의 톰보다 잘생기지는 않았지만 훨씬 복잡한 감정을 일으킨다. 필립의 마음을 얻기 위한 톰의 노력은 치밀하고 절실하며, 재능이 넘친다. 90년대의 청춘은 자신이 원하는 것을 얻기 위해 절실한 심정으로 치밀하게 노력해야 했고, 거기에 재능도 있어야 했다. 욕망은 모든 것을 착취하므로.

내가 나 자신을 몰아치듯 착취할 수 있는 것은 내 욕망뿐이다. 그의 마음에 흡족한 사람이고 싶고, 그의 사랑을 받고 싶고, 무엇보다 그와 함께하기에 부족함이 없는 사람이고 싶은 욕망만큼 구체적이고도 확실하며 뜨거운 욕망이 또 어디 있을까. 영화 〈태양은 가득히〉 속에서 필립의 삶을 통째로 훔치고 싶어했던 톰의 단순한 욕망과는 차원이 다른, 치명적인 욕망을 〈리플리〉는 그려낸다. 〈리플리〉의 톰은 필립이 되고 싶어 한다. 필립이 가진 것을 빼앗기 위해 그를 죽이는 것이 아니라 필립 자체를 원한다. 그를 온전히 독점하고 싶어한다. 누군가를 온전히 지배할 수 있는 유일한 방법은 그의 비밀을 독점하는 것이다. 나는 그의 삶을 살고, 그는 나를 통해 존재할 수 있는 삶. 그런 꿈을 언젠가 꾸어본 적이 없었던가? 60년대 몬지벨로의 바다와 20세기말 산레모의 바다 사이에서 내 욕망의 빛깔과 무게를 가늠해본다. 아마도 나는 산레모의 바다 위에 있는 것 같다. 대체로 나는 톰과 함께 있겠지만 때로는 필립일 수도 있다. 친구를 좋아하고 모두를 환영하지만 어느 순간 냉정하게 돌아서버리는 나는 필립을 닮았다. 한번 누군가를 마음에 담으면, 끝도 없는 갈증을 느끼는 나는 톰을 닮았다.

인생의 여름이 저물어가는 시간

◇◇◇◇

알랭 들롱이 칼을 꺼내던 그 푸른 바다와 하얀 배와 뜨겁던 태양의 이미지는 지금도 손에 잡힐 듯이 선명하다. 그러나 산레모에서 맷 데이먼이 주드 로를 죽이던 그 바다와 배는 어쩐지 잘 기억나지 않는다. 어쩌면 내 기억이 그 장면을 삭제해버렸는지도 모른다. 잘 잡히지 않기에, 분명하지 않기에, 설명되지 않기에 더욱 치명적인 욕망의 도가니, 그 밑바닥에서 벌어지는 일을 굳이 보고 싶지 않은 건지도 모른다.

〈태양은 가득히〉도 〈리플리〉도 마지막 장면은 결국 바다다. 1960년, 알랭 들롱이 연기한 톰의 마지막 모습은 해변의 술집에서 가장 좋은 술을 시켜놓고 형사의 전화를 받는 것이다. 완벽한 파국이다. 1999년 맷 데이먼이 연기한 톰은 마지막 장면에 미국으로 돌아가는 배 안에서 또 다른 살인을 저지르며 울고 있다. 영혼의 쌍둥이 같은 친구의 목을 누르며 괴로워하는 톰. 자기만 알고 있어야 하는 비밀 때문에 그렇게 할 수밖에 없었다. 이 비극적인 운명은 영원히 반복될 것이다. 결코 끝나지 않을 지옥이다. 끝이 헤아려지지 않는 심연이 완벽한 파국보다 더 끔찍하다 했던가.

출구가 보이지 않던 청춘의 날들에는 누구나 톰의 아이러니 속에 몸부림친다. 지금 이곳에서의 탈출을 꿈꾸지만 동시에 계속 거기 그 시간에 머물고픈 욕망도 함께한다. 이제는 그 모든 게 지나간 것이 퍽 다행스럽다. 노안이 오고 있지만 깊이도 넓이도 헤아릴 수 없이 망망하기만 하던 그 정념의 바다를 이제는 멀리서 조망할 수 있는 시야를 가진 것도 만족스럽다. 오늘의 폭염을 견딜 수 있는 것은 체력이 좋아서가 아니라 이 뜨거움도 곧 지나갈 것을 확신하기 때문이다. 철지난 바닷가에 가보고 싶다. 내 마음속에 아직 남아 있는 톰과 필립을 데리고서……. 청춘의 기운을 잃은 태양의 가난을 동정하기보다는 흐리게 저물어가는 세월 속의 호젓한 풍요를 기뻐하는 나를, 계절의 길목에서 만나게 되리라.

세 상 으 로 부 터

좀   덜

상 처 받 았 다 면

엘 마르

콜롬비아 하면 커피만 떠올랐는데 영화 〈엘 마르La cienaga: Entre el mar y la tierra, Between Sea and Land〉(2016) 덕분에 스페인어 한마디를 배웠다. '엘 마르el mar' 스페인어로 '바다'라는 뜻이며, 여기서 'el'은 남성형 명사 앞에 붙는 관형사이다. 영화의 주인공은 콜롬비아의 잔잔한 강 위에 어설프게 지어놓은 판잣집(수상가옥)에 살고 있는 어머니와 그녀의 어린 아들이다. 이 모자에게 바다는 어떤 의미일까? 이 모자는 바다를 등진 채 살고 있다. 영화는 시작 부분에서 그들이 사는 곳의 풍경을 다각도로 보여준다. 강 위에 드문드문 집이 있고, 모자의 집도 그중 하나다. 강변을 따라 집들이 죽 늘어서 있지만 주인공 모자는 강변에 집을 갖지 못한 모양이다. 물 위에 판자를 대어 허술하게 지은 집을 벗어나지 못하는 모자의 생활환경은 위태로운 삶 그 자체를 말하고 있다. 강변을 따라 늘어선 집들 뒤로 차들이 다니는 도로가 있고, 그 도로 뒤로 농사를 짓는 밭이 조금 있으며, 그 뒤로 백사장이 있고 이어서 바다가 나온다. 강변에서 바다까지 몇 걸음 안 되는 그 길이 누군가에겐 영원히 막힌 길이었다. 바다를 등진 채 강 위에서 살아가는 삶. 하지만 그들의 삶은 언제나 바다와 연결돼 있다.

강 위의 집, 등 뒤의 바다

◇◇◇◇◇

알베르토는 강 위의 집에, 벽도 창문도 없이 바깥을 향해 열려 있는 공간에 자리한 침대 위에 누워 있다. 어린 시절부터 시작된 근육 마비 증상이 그를 그 자리에 묶어놓았다. 엄마 로사는 아들이 부르는 소리를 들을 수 있는 범위 내에서 물고기 낚시를 하며 생계를 이어간다. 알베르토는 작대기 끝에 달린 손바닥만 한 거울을 통해 물고기를 낚고 있는 어머니를 보고, 자신의 얼굴을 본다. 그가 볼 수 있는 건 그의 침대에 누운 채로 볼 수 있는 강과 집안 풍경, 거울에 비친 조그만 바깥 풍경과 병고로 신음하며 지쳐가는 자신의 눈동자뿐이다. 그리고 때때로 지젤이 찾아온다. 지젤은 어린 시절부터 친하게 지내던 동네 친구다. 예쁘고 마음이 고운 지젤은 알베르토에게 도움이 되는 길을 찾아보려고 복지재단에서 일하기 시작했다. 하루는 지젤이 알베르토에게 사진 한 장을 가져다주었다. 바닷속 풍경이 담긴 사진이다. 그때부터 알베르토는 바다를 꿈꾸기 시작한다. 바다에서 자유롭게 헤엄치는 꿈, 지젤을 사랑하는 꿈……

아들과 엄마의 서로 다른 세계

◇◇◇◇◇

엄마의 삶은 아들 알베르토에게 묶여 있다. 팔에서 시작된 마비는 온몸과 장기에까지 퍼져 알베르토는 기계의 도움 없이는 호흡도 제대로 할 수 없게 되었다. 기계는 지속적인 점검과 수리가 필요하다. 그 비용을 마련하는 것이 엄마 로사에겐 가장 큰 숙제다. 알베르토는 자유와 사랑을 갈망하고, 엄마는 당장의 수리 비용을 걱정한다. 엄마와 아들 사이의 이러한 차이는 여느 건강한 모자 사이에도 엄연한 것이다. 두 사람이 아무리 운명 공동체라고 해도 각자 자신의 입장에서 해석된 세상을 산다. 엄마는 아들이 상처받지 않길 원한다. 그래서 알베르토의 유일한 벗인 지셀을 밀어낸다.

"걔도 남자고 감정이 있어. 넌 예쁘고 젊잖아. 착각하게 하지 마. 저 아이도 너도 상처받지 않길 원해. 내 말 이해하니? 너희 둘이 사랑하게 되는 건 옳지 않아. 미래가 없잖아. 그러니까 부탁할게. 내가 없을 땐 오지 마."

둘 다 상처받지 않길 바란다고 했지만 사실 엄마는 알베르토가 지셀과 둘만의 세계를 만드는 것이 싫은 건지도 모른다. 로사의 삶 역시 엄마한테 의지할 수밖에 없는 아들 알베르토에게 온전히 매달려 있었다. 그렇다고 그녀에게 알베르토가 소중히 하는 세계를 파괴할 권리가 있는 것은 아니다. 몸이 불편한 알베르토에게도 상처를 경험할 기회와 사랑으로 고통받을 기회가 필요하다.

세상의 도움을 기대하면 실망하게 되었고, 누군가를 사랑하면 꼭 그만큼의 배반감이 따라왔다. 그것이 엄마 로사가 경험한 삶이다. 엄마의 삶 속에 갇힌 알베르토이지만 그의 마음은 훨씬 열려 있다. 알베르토는 더 많은 세상이 자신에게 다가와주길 바라고 또 더 큰 세계 속으로 나아가길 원한다. 상대에게 부담을 주고 싶지는 않지만 사랑받고 사랑하고 싶다. 세상 누구보다 엄마를 사랑하는 알베르토가 가장 견딜 수 없었던 건 '우리 처지에 희망을 가져서는 안 된다'는 엄마의 고정관념이었을 거라고 나는 생각한다.

바다로 가다

◇◇◇◇

엄마는 가끔 바다로 가서 해산물을 가져왔다. 엄마도 알베르토도 갓 잡아올린 신선한 해산물을 좋아한다. 엄마가 저녁에 새우 요리를 해주겠다고 하자 알베르토가 엄마를 넌지시 떠본다.

"우리 바다에 갈까?"

엄마는 바다에 같이 갈 수 없다고 한다. 알베르토가 기계장치를 뗄 수 없기 때문이라고. 하지만 정말 그럴까? 엄마는 알베르토가 바다를 꿈꾸는 것이 싫었던 건 아닐까? 알베르토가 바다를 원한다는 것은 바다 밑에 잠들어 있는 아버지를 그리워한다는 뜻이고, 더 넓은 세상과 자유를 원한다는 것이며, 강 위의 삶을 떠나 더 큰 위험을 향해 도전하고자 한다는 의미이다. 알베르토의 처지에서 추구할 수 있는 자유와 해방은 바다로 들어가 죽는 것밖에 없었다. 무엇이 그를 이렇게 만들었나. 가끔 찾아와 알베르토를 설레게 하는 지셀이었을까? 지셀과 함께 온 건강하고 똑똑한 젊은 남자들이었을까? 아니면 강 위에 집을 짓고 사는 위태로운 모자를 돌보지 않는 사회 시스템이었을까? 어쩌면 알베르토가 세상에서 가장 사랑한 어머니가 아니었을까.

알베르토가 어머니 로사를 생각하며 그린 그림이 파란 장미다.

"엄마 같은 장미예요. 나만의 장미예요."

엄마는 그 그림을 소중히 했다.

"바다의 장미네, 바다의 파란 장미."

나는 그 그림에서 엄마에 대한 알베르토의 시선 한 자락을 느꼈다. 바다가 주는 공포에 시퍼렇게 질려 있는 엄마⋯⋯. 엄마는 바다에 대해 양가감정을 가지고 있다. 그녀는 "모든 것을 주지만 또 모든 것을 앗아가버리는 바다"라고 말한다. 그녀의 사랑, 그녀의 바다는 그녀에게 모든 것을 주고 모든 것을 빼앗아버렸다. 하지만 그녀도 마찬가지다. 그녀는 사랑하는 아들에게 모든 것을 주었지만 동시에 모든 것을 앗아버렸다. 그런 엄마는 알베르토가 가장 사랑하고 의지하는 사람이지만 동시에 버리고 싶은 사람, 벗어나고픈 세계이기도 하다. "잘 있어, 엄마."라고 말하고 가버리고 싶은 아들의 욕망을 어머니는 이해할 수 있을까?

이해할 수는 없다고 해도, 엄마는 그 마음을 읽어내고 들어준다. 아들을 위해, 아들을 바다로 보내는 일을 해낸다. 로사의 마음이 좀 더 열려 있었다면, 세상으로부터 좀 덜 상처받았다면 그래서 아들을 위할 사람은 자기뿐이라는 생각에서 벗어날 수 있었더라면, 세상이 좀 더 따뜻하게 다가가주었더라면, 도움의 손길이 좀 더 빠르게 전해졌더라면, 알베르토가 선택한 바다는 그 바다가 아닐지도 모르겠다는 생각에, 그런 방식으로 바다에 닿지 않아도 되었을 거란 생각에 목이 멘다.

소 통 부 재 의   벽 에

갇 힌   사 람 은

어 디 에   희 망 을

걸 어 야   하 는   걸 까

해피엔드

가족으로 보이는 이들이 테이블에 모여 앉아 있고 그 뒤 통 유리창 너머로 바다가 보인다. 마카엘 하네케Michael Haneke 감독의 신작 〈해피엔드Happy End〉(2017)의 포스터에 한마디로 '낡였다'. 바다 곁에서 우아하게 식사를 하는 가족. 그들은 무슨 이야기를 어떻게 나눌까?

　주인공 가족이 사는 곳은 프랑스의 칼레라는 곳이다. 도버 해 협에 면한 작은 도시 칼레. 로뎅의 〈칼레의 시민〉이라는 작품이 유명세를 더해준 이곳은 최근, 프랑스를 거쳐 영국으로 가려는 난민들로 몸살을 앓고 있다고 했다.

로랑 가문의 파티에서

◇◇◇◇◇

영화 〈해피엔드〉 포스터 속에서 테이블에 둘러앉은 가족들이 놀란 눈으로 일제히 바라보고 있는 것이 바로 그 '난민'들이다. 칼레에서 꽤 유명한 '로랑' 일가의 우아한 파티장에 엉거주춤 들어선 이 불청객들의 등장은 아주 잠깐이지만 무척 깊은 인상을 남긴다. 그들을 이끌고 앤의 약혼식 피로연장으로 들어온 피에르는 그 사람들 하나하나의 사연을 설명하려 했지만 곧장 저지당한다. 피에르는 앤의 아들이자 로랑기업의 유일한 후계자이지만 아직 집에서나 회사에서나 입지가 어정쩡한 처지다. 그가 회사 일에 나서면 도움은커녕 말썽이 되기 십상이고, 나서지 않으면 또 그게 문제가 된다("엄마가 애쓴 게 다 뭐가 되니?" 이런 얘길 듣게 된다). 피에르는 멀쩡한 성인이지만 회사에서도 집에서도 심지어 사생활에서도 어머니의 그늘을 벗어나지 못한다. 어머니와 함께한 자리마다 견디기 힘든 어색한 상황을 간신히 버티고 있는 것처럼 보이는 그는 어디로 튈지 모르는 사춘기 소년처럼 위태로워 보인다. 그러나 그는 대체로 무기력해서 가끔 가라오케 같은 곳에서나 마이크를 쥐고 울분을 표출할 뿐이다. 어머니의 약혼식장에 난민들을 데리고 들이닥쳐 고귀한 내빈들께 그들의 사연을 소개하겠다는, 모처럼 큰마음 먹은 야심찬 도발을 시도해보긴 했지만 단숨에 어머니에게 제압당한다. 참 딱하다. 피에르의 마음속에서라면 앤은 여러 번 죽었을 테지만 현실에서 당하는 건 언제나 피에르다.

에브 로랑의 등장

◇◇◇◇◇

피에르는 에브가 관찰하고 있는 로랑 가족의 일원 중 하나일 뿐이다. 에브는 열세 살 소녀인데 앤 로랑의 남동생인 토마스 로랑의 딸이다. 최근까지는 엄마랑 둘이 살고 있었는데 엄마가 약물 과다 복용으로 의식을 잃고 입원하는 바람에 아빠를 따라 칼레에 있는 로랑 집안으로 들어오게 되었다. 토마스에게는 재혼한 아내 아나이스와 갓난아이가 있다. 로랑 집안의 실질적인 가장인 앤 고모, 아빠와 그의 아내 아나이스 그리고 할아버지 조르주까지. 엄마랑 단둘이 살던 때에 비하면 하루아침에 여러 낯선 어른들 속에 파묻힌 셈이다(참, 로랑 집안의 일을 봐주는 모로코 출신의 부부와 그 딸 그리고 개도 있다). 에브의 관심은 물론 아빠 토마스에게 쏠려 있다.

아빠는 여러 해 전에 엄마와 자신을 떠났다. 그런 아빠의 사랑과 관심이 현재 어디를 향해 있는지 살피게 되는 것은 딸의 본능일 것이다. 에브는 아빠의 노트북을 열어서 아빠의 페이스북 메시지를 훔쳐본다. 맥북과 아이폰을 쓰고 인스타그램을 하는 에브와 무기 같은 노트북으로 칙칙한 페이스북을 하는 아빠 사이는 당연히 소통이 원활하지 않다.

에브가 아빠와 대화를 시도한 건 바닷가에서다.

"아나이스를 사랑해요?"

해수욕장 매점에서 아이스크림을 사가지고 오면서 열세 살짜리 딸이 아빠에게 던지는 질문으로는 영 적합하지가 않은 것 같아서 토마스는 당황한다.

"왜 그런 질문을 하지? 당연히 사랑해. 내 아내잖아."

하지만 에브는 미심쩍기만 하다.

"엄마도 아내였잖아요."

에브는 아빠가 현재의 아내도 사랑하지 않는다고 생각한다. 페이스북 메시지로 아빠가 다른 여자와 나눈 대화를 다 훔쳐봤으니 그렇게 생각할 법도 하다. 아빠를 믿을 수 없어 불안하고 마음 둘 데가 없는 에브는 결국 엄마가 과다 복용한 약을 먹고 입원한다. 아빠가 왜 그랬냐고 묻지만 여전히 부녀간 대화는 불통이다. 칼레

의 유력 가문, 로랑 집안 사람들의 대화법이란 게 늘 그랬다. 상대
방의 이야기를 끝까지 들을 줄 몰랐다. 어떤 주제에 깊이 들어가는
걸 피하려 한다. 혹시 가족이라는 관계가 원래 그런 건 아닐까. 눈
을 마주치면 소스라치게 어색하고, 정말 중요한 이야기는 꺼내기
어려운, 한집에 살아도 서로가 유령 같은 그런 관계.

조르주와 에브의 대화

◇◇◇◇◇

에브가 조르주의 서재 문을 빼꼼히 열고 엉거주춤하게 서 있다.

"들어오든지 나가든지 하렴."

조르주가 재촉해도 그냥 가만히 문틈에 서 있는 에브. 조르주
가 다시 말한다.

"공주님, 문 닫고 들어와서 여기 앉으세요."

그래도 에브는 꿈쩍도 안 한다. 그러든지 말든지 체념한 채로
조르주가 아내 이야기를 들려준다. 정확히 말하면 조르주가 아내
를 죽인 이야기다.

"네 할머니 기억나니? 아마 기억이 안 날게다."

(하네케 감독의 전작 〈아무르Love〉 얘기다.)

어느새 에브는 조르주 할아버지 곁에 와 앉아 있다.

"난 후회하지 않아."

그렇게 이야기를 마친 조르주가 에브에게 묻는다.

"이제 네 얘기를 해보렴."

에브는 자기 비밀을 이야기한다. 억지로 갔던 여름 캠프에서 의사가 자기에게 처방해준 진정제를 다른 친구의 음식에 몰래 넣었다고 했다.

"죄책감이 들진 않았니?"

에브는 고개를 저었다. 그러곤 잠시 망설이듯 말했다.

"나중에, 나중에 후회했어요."

에브는 집에서 키우던 햄스터의 먹이에 약을 타기도 하고, 엄마에게 우울증 약을 평소보다 과다하게 섭취하게 해 의식을 잃게 만들기도 했다. 그러고 나서 태연하게 구급대를 불렀다.

에브는 이 모든 과정을 인스타그램 동영상으로 친구에게 중계했다. 햄스터와 엄마에게 약을 주고 그 반응을 관찰하는 에브의 동영상은 영화의 도입부에 나오는데, 관객이 그 영상의 의미를 알아채는 건 조르주와의 대화가 나올 때쯤이다. 아무 생각 없이, 그저 재미로, 남의 관심을 끌려고 어떤 짓도 할 수 있는 열세 살. 자기가 무슨 짓을 한 건지는 아주 나중에, 나중에 알게 된다. 에브는 자기 감정을 남과 나누는 법을 배우지 못했다. 어떤 도움이 필요한지 말하는 법도 배우지 못했다. 그래서 생각 없이 끔찍한 짓을 저지르고, 나중에 서서히 들이닥치는 충격을 혼자 감당했다. "힘들면 힘들다고, 엄마가 보고 싶으면 보고 싶다고, 왜 아빠에게 말을 안 하니?"라고 아빠는 다그치기만 한다. 물론 결코 진정성 있는 말로 들리지는 않는다. 그저 걱정하는 척, 위하는 척할 뿐인 말이다. 자기감정은 물론 타인의 마음을 들여다보는 일에 익숙하지 않은 로랑가 사람들 사이의 모든 대화는 그저 곁돌기만 한다.

영화가 끝날 무렵에 알게 된다. 조르주와 에브가 나눈 대화가 이 영화에 나오는 모든 대사 중에 가장 대화다운 대화였다는 걸. 각자 가슴에 맺혀 있는 이야기를 꺼내고, 서로에게 집중해서 끝까지 들어주는, 그런 대화 말이다.

바다가 있다

◇◇◇◇◇

피에르가 파티장에 난민들을 데려와 소개하고 앤이 그걸 저지하는 소동이 일어날 때 조르주가 곁에 있는 에브에게 말했다. 바깥으로 나가자고. 에브는 조르주의 휠체어를 밀고 바다로 간다. 바다를 향해 난 길은 내리막길이다. 에브가 손을 떼면 바로 바다로 밀려들어갈지도 모른다. 휠체어가 멈춘다. 조르주는 더 밀라고 하지만 에브는 그럴 수 없었다.

"너는 이만 가 봐도 좋다."

에브가 물러난다. 조르주는 바다로 들어간다. 에브가 아이폰을 들고 그걸 촬영한다. 에브의 아이폰 동영상 화면에 앤과 그의 약혼자가 달려가는 모습이 잡힌다. 이번에도 조르주의 시도는 실패할 것이 분명하다. 하지만 바다로 들어가는 시도를 해볼 수 있었다는 건 커다란 소득이다. 소통이 되지 않는 삶은 살아도 사는 것이 아니었다. 아들에게 약을 가져다 달라고 부탁해보고, 미용사에게 총을 구해달라고도 해보았다. 거리로 나가서 낯선 사람들에게 부탁도 해보았다. 하지만 아무도 그를 도와주지 않았다. 정확히는 도울 수가 없는 것이다. 무엇이 정확한 소통인지는 모르겠다. 죽고 싶을 만큼 고통받는 사람의 말을 듣고도 모른 척하는 것이 로랑 가문의 원칙이자 이 세계의 룰인 걸까. 행복할 수 있는 길이 가로막힌 사람은, 소통 부재의 벽에 갇힌 사람은 어디에 희망을 걸어야 하는 걸까. 에브가 궁금해한 것도, 인스타그램 동영상을 통해 친구들과 나누는 대화의 주제도 결국은 그것이 아니었나 싶다.

바 다 도 , 죽 음 도

두 려 워 하 지 않 는
사 람 들

그랑 블루

우리는 바다의 자식이다. 우리는 모두 바닷물과 성분이 비슷한 양수 속에서 삶을 시작한다. 최초에 우리의 모습은 물고기를 닮았다. 임신 1개월 차의 인간 배아는 발이 아니라 지느러미가 먼저 발달한다. 완전한 지느러미로 발달하지 않는 것은 유전자 하나가 불발된 까닭이다. 인간 배아의 심장에는 심실이 두 개인데, 이 역시 물고기들이 공유하는 특징이다.

_『깊은 바다, 프리다이버』(제임스 네스터 지음, 김학영 옮김, 글항아리, 2019) 중에서

책 한 권이 호출해낸 그때 그 시절의 영화

◇◇◇◇◇

책을 읽다가 옛날 영화 한 편을 떠올렸다. 『깊은 바다, 프리다이버』는 영화 속 주인공들의 친구인 프리다이버가 영화 〈그랑 블루 The Grand Blue, The Big Blue〉(1988)의 팬들을 위해 30년 만에 보낸 편지 같은 책이다. 〈그랑 블루〉의 팬이라면 누구나 이 책에 빠져들지 않을 수 없다. 이건 '우리'를 위해 쓰인 책이라는 확신을 갖지 않을 수 없다.

뤽 베송 감독의 〈그랑 블루〉는 보지 않아도 본 것 같은 느낌을 주었던 작품이다. 90년대에 영화깨나 본다 하는 친구들의 방에, 젊은이들이 드나드는 커피숍에 이 영화의 포스터는 너무도 흔하게 걸려 있었다. 책꽂이에 꽂힌 책들을 실제로 읽었냐 안 읽었냐 따져 묻지 않아도 책등만 봐도 파악되는 주인장의 취향이 있는 것처럼, 영화 역시 일일이 봤냐 안 봤냐 확인하지 않아도 어떤 작품을 좋아하는 취향이 대화를 시작하기에 위험하지 않다는 인식표 정도는 되어줄 수 있다.

제목이 뜻하는 '그랑 블루(거대한 파랑)'란, 센치함을 사랑하는 젊은이들의 '깊은 우울'과 한통속으로 엮을 수 있었다. 영화의 투톱이 '남-남'인 구도는 '사랑'과 '우정' 사이에서 번민하는 청춘들의 심장을 때렸다. 서로를 그리워하는 마음, 상대를 정복하고자 하는 욕망이 '남-녀'가 아니라 '남-남'의 구도로도 그려질 수 있다는 것과, 함께 있으면 행복해지는 관계가 꼭 '인간-인간'이 아니라 '인간-고래' 사이에 태어날 수도 있음을 보여주는 너무나 낯선 경이로움이 있었다. 익숙한 서사를 거부하고 새롭고 낯선 이야기에 환호하는 90년대의 청춘들은 이런 문법을 소화할 만한 경험도 내공도 부족했으련만, 그런 것 없이도 영화의 영혼을 꿀꺽꿀꺽 잘도 삼켰다.

영화 속 남자들은 바다도, 죽음도 두려워하지 않는 사람들이었다. 오래 훈련했기 때문이다. 숨을 오래 참는 법, 수압에 온몸이 찌부러지는 느낌에 적응하는 힘을 배웠기 때문이다. 지상에서 중력에 저항하며 아옹다옹 살아가기에도 바쁜 우리들이 그들을 이해하기는 쉽지 않다. 깊은 바닷속에 대체 뭐가 있다고! 그 광포한 허무를 자주 대면하면 인생의 무게가 덜어질까? 죽음 직전의 황홀을 자주 체험하면 죽음을 편안하게 받아들이게 될까? 거대한 빌딩 속으로 출근하는 직장인이 회전문에 손 하나 안 대고 스르륵 매끄럽게 빨려들어가듯 말이다. 그렇게 매끄럽게 옛 추억 속으로 우리를 빨아들여 새로운 생각의 자리를 만들어주는 영화들이 있다. 〈그랑블루〉가 그렇다.

바닷속으로 들어가는 이유

∞∞∞∞

세계에 흐르는 물을 다 안아보고 이 해안 저 해안으로 가서 부딪쳐 보는 바다는 모든 것을 삼키고, 모든 것을 내어놓는다. 금을 그을 수도, 벽을 쳐서 막을 수도 없는 바다는 인간 사회와도 닮았다. 모든 것을 받아들이고 뒤섞으며 조화와 균형을 이뤄나가야 한다. 이해할 수는 없어도 받아들일 수는 있다. 인간이 계속 인간으로 지속하여 생존하려면 그 능력을 바다로부터 배우지 않으면 안 된다. 각자 저마다의 바다가 있음을 알아야 한다. 또한 그 바다는 낮은 곳에서 보면 나뉠 수 없는 것이다.

잠수 세계챔피언 엔조. 그의 기록을 깰 수 있는 사람이 있다는 걸 엔조는 안다. 그리스 바닷가 마을에 살던 프랑스 소년 자크. 외톨이여도 바다에서만은 행복했던 그 소년만은 엔조가 이길 수 없을 것이다. 엔조는 자크를 만나고 싶었다. 자크의 바다를 만나고 싶었다. 자크가 들어간 깊이까지 가보고 싶은 것이다. 그러려면 그를 찾아야 한다. 그를 땅 위의 세상으로, 사람들 속으로 불러낸다. 17년째 챔피언인 자신을 이겨줄 자크를 찾는 엔조. 그런데 자크를 찾는 사람이 또 하나 있다. 뉴욕의 보험조사원 조안나. 오래전 어느 사고 현장에서 만났던가. 페루의 빙하 속에서 천천히 뛰던 자크의 심장소리도 그의 선하고 부드러운 눈빛도 잊지 못했다. 엔조와 자크 사이에는 조안나가 알 수 없는 세계가 있다. 바닷속 세상이다. 자크와 엔조는 어린 시절부터 함께 바다에서 잠수를 하며 자랐지만 이들이 바다에 들어가는 이유는 서로 다르다. 엔조가 바다에 들어가는 이유는 나왔을 때 인정받기 때문이지만, 자크가 바다에 들어가는 건 남들의 인정과는 상관없는 일이다. 그저 거기 있는 게 더 행복하기 때문이다. 애초에 엔조와 자크가 잠수 기록을 두고 다투는 건 의미가 없는 일이었다. 엔조는 바다와 싸우는 사람이고, 자크는 바다에 받아들여지는 사람이다. 자크는 돌고래의 감정을 이해하는 사람이다. 그래서 슬퍼하는 돌고래를 바다로 돌려보내 준다. 이후 자크는 그 돌고래 아가씨를 만나러 자주 바다로 간다. 그런 자크를 지켜보는 조안나의 마음속에도 깊고 푸른 바다가 생겨난다. 잠수하러 가버린 자크가 돌아올 때까지 기다릴 수밖에 없는 막막한 시간이 조안나의 바다이다.

　엔조는 자크를 그리워했다. 그래서 계속 잠수를 했다. 자크가 내려간 깊이에 닿으면 자크의 세상에 속할 수 있을 것 같았다. 자크도 엔조의 그런 마음을 안다. 바다 깊은 곳, 그곳에서 아버지가 돌아오지 않았을 때부터 자크에겐 바닷속이 지상보다 더 따뜻한 곳이었다. 아버지가 바닷속에서 숨을 멈출 때, 고통스러워하는 자크의 모습을 멀리서 지켜보며 함께 마음 아파했던 친구가 엔조였기 때문이다. 이제 바닷속은 온도가 좀 더 높아졌다. 엔조가 거기먼저 가 있기 때문이다. 자신을 유일하게 친구로 대해준 엔조가.언제나 그를 부르는 돌고래 아가씨도 있고 말이다. 이번에 자크가바다로 들어가면 지상으로 돌아가야 할 이유보다 돌아가지 않아야 할 이유가 더 많을 것이다. 올라가야 할 까닭을 찾지 못할 것이다. 아무도 자크를 막을 수 없을 것이다. 그의 세상은 바닷속에 있으니까. 그 깊고 푸른 고요 속에.

지중해의 푸른 바닷속

숨을 가득 들이쉬고 바다로 들어가면 심장이 점점 느리게 뛴다고한다. 심장 뛰는 소리도 점점 약해진다. 『깊은 바다, 프리다이버』를 보면 과학은 아직 인간을 모른다는 생각이 분명해진다. '보일의법칙'이 무색하게 인간은 경악할 만한 수심을 견뎌낸다. 물론 모두가 다 그런 것은 아니고, 그 깊이와 압력에 받아들여지고자 노력하는 사람들 중에서도 일부에 한해서이긴 하지만. 그들은 왜 그런 시도를 거듭하는 것일까? 무모하게만 보이는 그런 도전을 지켜보는사람들의 가슴은 조여온다. 자신만의 세계에 깊이 빠진 사람은 주변 사람들을 외롭게 만든다. 하지만 그곳에 닿지 않으면 살 수 없는 이의 심정은 헤아리기조차 어려운 더 깊은 차원의 고독임을 생각할 수 있어야 한다. 지중해의 푸른 바닷속, 아무도 다녀온 적 없는 미지의 세계를 조용히 탐험하는 듯한 환상적인 음악은 뤽 베송 감독의 오랜 친구 에릭 세라가 만든 것이다.

인 간 은

파 괴 될   수 는   있 지 만

패 배 하 지 는

않 는   거 야

노인과 바다

'바다'에 관한 영화라고 하면 누구나 〈노인과 바다The Old Man And The Sea〉(1958)를 먼저 떠올릴 것이다. 1952년에 헤밍웨이가 발표한 동명의 단편소설을 영화로 만든 〈노인과 바다〉는 여러 감독에 의해 여러 번 만들어졌는데, 존 스터지스 감독의 작품은 그 최초의 작품이고, 당시 헤밍웨이가 촬영장을 방문하여 영화화되는 과정을 직접 지켜보기도 했다. 중후한 목소리가 소설을 읊고, 화면은 내레이션의 이해를 돕기 위해서 덧붙여진 듯한 구성이지만, 많은 관객이 이 영화를 사랑했다. 복잡하지 않고 심플하게 원작을 충실히 반영했기 때문일 것이다. 세상이 복잡해질수록 사람들은 단순한 메시지를 원한다. 이 소설이 주는 메시지가 단순하다는 것이 아니다. 오히려 독자들의 생각보다 좀 더 복잡하다. 아무튼, 받아들이는 사람이 체험한 경험의 차원에 따라 각자 다른 풍부함을 얻게 되는 것이 픽션의 탁월한 점일 것이다. 어느 날 어부 노인이 천신만고 끝에 대어를 낚지만 돌아오는 길에 상어 떼에게 먹히고 살점 하나 남지 않은 잔해로 사람들을 놀라게 한다는 스토리는 간단하지만 작품을 둘러싼 이야기도, 그 해석의 폭과 넓이도 결코 간단치 않다. 영화의 대부분이 노인 혼자 바다 위에서 낚싯대를 드리우고 있는 장면으로 채워져 있는데도 보는 사람이 가슴 졸이며 안타까운 탄식을 내뱉게 만드는, 그 힘은 어디서 오는 걸까? 노인, 바다 그리고 낚시가 그토록 장엄한 대서사시적 감흥을 자아낼 수 있다는 것을 헤밍웨이는 어떻게 알았을까?

헤밍웨이와 노인 그리고 소년

◇◇◇◇

작가 헤밍웨이는 글쓰기가 힘들 때면 스스로를 격려하기 위해 자신의 책을 읽었다고 한다. 그러면 글쓰기는 언제나 어려웠고 때론 불가능했다는 걸 알게 된다고 했다. 어렵고 불가능해 보이는 일을 지속하게 만드는 건 결국 스스로를 격려하고 일으키는 내면의 힘이다. 영화 속 노인의 일상이 그것을 보여준다.

84일째 다랑어 한 마리 잡지 못한 노인을 마을 사람들은 비웃는다. 그것도 동년배의 노인들이 그렇게 한다. 그를 도와주는 이는 어린 소년뿐이다. 따뜻한 커피를 사주고 미끼로 쓸 정어리도 챙겨준다. 얼마 전까지 소년은 노인의 조수로 일했지만, 부모의 반대로 다른 고깃배를 타야 했다. 하지만 소년은 노인을 위해 자신이 할 수 있는 일을 한다. 노인이 바다로 나갈 때 돕고, 돌아오는 것을 기다린다. 소년은 자신이 배우고자 하는 것을 노인이 가르쳐줄 수 있다는 것을 본능적으로 안다. 소년은 노인을 사랑한다. 노인은 소년을 신뢰한다.

헤밍웨이는 그런 사람을 원했다. 자신을 사랑해줄 사람, 자신이 끝까지 믿을 한 사람. 노인이 사투 끝에 잡은 대어를 상어에게 뜯어 먹히고도 그 잔해를 끝까지 가지고 돌아온 것은 결국, 소년에게 보여주기 위해서였을 것이다. 다른 사람은 아무래도 좋은 것이다. 자신이 뭔가를 해냈고 그것을 위해 최선을 다했다는 걸 소년은 알아줄 것이기에. 잔해를 끌고 돌아와 낡은 침대에 죽은 듯 누워 있는 노인을 보고 소년은 눈물을 흘린다. 소년은 한달음에 뛰어가서 먹을 것을 가지고 노인에게 돌아온다. 그가 한 일을 알고, 그가 필요로 하는 것을 아는 단 한 사람. 전쟁 같은 일상을 살아가는 우리는 모두 그런 한 사람을 필요로 한다.

일상의 태도에 관하여

◇◇◇◇

영화는 소설의 전부를 보여주지는 않지만, 중요한 대목은 놓치지 않는다. 이를테면 노인의 일상을 통해 그가 중요하게 생각하는 것을 보여주는 것이다. 노인은 매일 밤 자신의 작은 고깃배를 대고, 낡은 돛과 무거운 짐들을 오두막까지 힘겹게 옮긴다. 나흘 만에 대어의 잔해를 끌고 온 그날 밤에도 그랬다. 그냥 배에 놔두어도 상관없을 것을 알지만 그는 그렇게 했다. 첫째 이유는 돛과 짐들이 이슬을 맞아 상할까 봐. 두 번째 이유는 마을 사람 누군가가 방치된 노인의 물건을 보고 마음에 동요를 일으킬까 봐. 더할 나위 없이 낡았고, 아무도 탐내지 않을 것이지만, 상관없다. 자기 삶의 중심과 원칙은 자신이 정한다. 누가 뭐래도 내게는 소중한 것이 있고 그것을 위한 나름의 의식이 있다. 다른 사람이 나쁜 마음을 먹을 계기를 내가 만들지 않는다. 그 태도가 얼마나 아름다운지. 아이다호 주의 케첨에 묻힌 헤밍웨이의 묘비명에도 그런 태도가 스며 있다.

그는 무엇보다도 가을을 사랑하였다. 미루나무 숲의 노란 잎사귀들, 송어 냇물에 흘러가는 잎사귀들 그리고 저 언덕 너머의 높푸르고 바람 없는 하늘을. 이제 그는 영원히 이런 풍경과 하나가 되었다.

노인의 낚시와 헤밍웨이의 글쓰기

◇◇◇◇◇

노인의 낚시는 헤밍웨이의 글쓰기에 대한 은유다. 작가는 무의식의 바다로 혼자 나아가 자아의 깊은 심연에다 여러 가지 미끼를 매달고 대어와 같은 작품을 낚아 올리려고 애쓴다. 수많은 날을 애쓴 끝에 작가는 자기 딴에는 멋진 작품을 잡았다고 생각하지만, 자기도 모르는 사이에 사람들이 사는 세상에서 너무 멀리 나갔기 때문에 돌아오는 과정에서 상어 떼, 즉 세간의 공격을 받고 평론가들에게 살살이 뜯겨서 작품은 애초의 형상을 유지하지 못하고 뼈 또는 빈껍데기만 남게 되기도 한다. 하지만 누군가는 그의 용감한 투쟁을 알고 함께 눈물짓는다.

인간은 자신의 운명에 맞선 싸움에 있어서 고통과 상실을 받아들일 인내심이 있어야 한다. 고통받고 빼앗기는 것이 불가피할 때에도 자신을 믿고 격려해야 한다. 영화 속에서 노인은 계속 혼잣말을 한다. 자기 자신에게 조언을 아끼지 않는다. 그중 최고는 이런 것이다.

"인간은 패배하기 위해 태어난 것이 아니야. 인간은 파괴될 수는 있지만 패배하지는 않는 거야."

한 해의 마지막이 가까워올 때마다 〈노인과 바다〉를 생각한다. 운명이 우리에게 허락한 시간에서 또 1년의 시간이 빠져나가지만 각자 자신의 생에 대한 자부심과 품격을 스스로 지켜냄으로써, 결코 패배하지는 않은 한 해였기를 바라면서…….

새 로 운

세 계 를   향 해

열 린   문

정복자 펠레

늙은 아버지 라세와 어린 아들 펠레가 이민선을 탔다. 새벽 바다의 뿌연 안개 속에서 아들은 아버지에게 자꾸만 새로운 나라 이야기를 해달라고 보챈다. 우리가 도착할 새로운 나라는 아주 살기 좋은 곳이라고, 임금은 높고 물가는 싸며 애들은 종일 마음껏 놀 수 있는 곳이라고 말해주는 아버지. 아들은 아버지가 들려주는 새로운 나라 이야기가 아무리 들어도 싫증나지 않았다. 애들이 종일 마음껏 뛰어놀 수 있다는 것만으로도 신이 났다. 육지가 가까워올수록 아이의 검은 눈동자는 점점 더 커진다. 1877년, 스웨덴에서 덴마크로 이민 가는 부자父子에게 새로운 나라에서의 미래는 그렇게 희망으로 가득 찬 것이었다.

칸 영화제에서 황금종려상을 수상한 작품 〈정복자 펠레Pelle Erovraren, Pelle The Conqueror〉(1987). 덴마크의 작가 마르틴 안데르센 넥쇠Martin Andersen Nexo의 소설을 바탕으로 빌 어거스트Bille August 감독이 만든 영화다. 작가의 자전적 이야기가 담겨 있는 이 소설 속에는 당시 노동자들의 암울한 삶이 생생하게 그려져 있다. 빌 어거스트 감독은 생생함을 사랑한다. 어둡고 쓸쓸한 풍경 속에서 반짝이는 어떤 생생함. 그걸 놓치지 않고 또렷하게 포착해낸다.

꿈과 현실의 거리

◇◇◇◇◇

덴마크 보른홀름섬에 도착한 부자에겐 아무것도 없었다. 초라한 차림에 외국인 이민자인데다 별다른 기술도 없는 늙은 홀아비와 어린애는 덴마크 노동시장에서 경쟁력이 없다. 결국 헐값에 외딴 농장의 막일꾼으로 가게 되는데, 어쩌면 여기서 끊임없는 노동에 시달리다 죽을지도 모른다는 불안이 밤마다 아버지의 가슴을 엄습한다. 아버지는 그 불안에 점차 익숙해져서 그 삶에 체념하듯 젖어버리지만 펠레는 이 낯선 곳에서 새로운 친구를 사귀고, 낯선 언어를 익히며, 하루하루 성장해나간다. 이곳에 오기 전에 품었던 희망과 막상 닥친 현실이 너무나 다르듯, 마음속에 품은 생각과 현실에서 할 수 있는 행동이 다르다는 걸, 어른들은 그렇게 살 수밖에 없다는 걸 펠레는 아프게 배우게 된다. 그러나 펠레는 꿈꾸기를, 상상하기를 포기하지 않는다.

농장의 일꾼 에릭은 꿈꾸는 사람이다. 에릭이 자신의 꿈을 펠레에게 보여준다. 이 농장에서 이년만 더 일하고 품삯을 정산 받으면 더 넓은 세계를 정복하러 떠날 거라고 했다. 그가 들려준 미국이나 중국 같은 커다란 나라들을 펠레는 상상해본다. 그 나라들로 가려면 대서양이라는 바다를 지나야만 하는데, 그 바다가 가장 힘이 세다고 에릭은 말했다. 스웨덴 토메릴라에서 덴마크의 섬으로 오는 여행이 생에서 가장 긴 여행이었던 펠레의 가슴이 뛰었다. 그리고 궁금해졌다. 그 커다란 나라들은 바다 위에 떠 있는 걸까, 아니면 바다 밑으로 땅에 붙어 있는 걸까? 아버지는 말했다.

"단단히 붙어 있을 거다."

끝도 없어 보이는 바다로 둘러싸인 이 섬보다 훨씬 크고 단단한 세계. 펠레는 그곳에 가고 싶었다. 학교에 갔다가 돌아오는 길이면 바닷가를 하염없이 걷거나 한참 동안 수평선을 바라보며 앉아 있곤 했다. 그러나 미국으로 가겠다는 펠레의 꿈은 너무도 멀고 추상적이었다. 이 외딴 농장을 벗어나 읍내로 가서 서커스단에 들어가겠다는 친구 루디의 꿈이 훨씬 현실적이었다. 꿈에 있어서 펠레는 루디에게 진 것 같아 괜히 루디에게 분풀이를 했다. 그러면서 펠레는 배웠다. 보이지 않는 수평선 너머를 향한 꿈을 지속하려면, 지금 이곳에서 떠날 생각부터 구체화해야 한다는 것을.

이방인에서 정복자로

◇◇◇◇◇

외국에서 온 가난한 이방인 펠레에 대한 동네 아이들의 적개심은 공포 그 자체다. 아이들은 펠레를 차가운 얼음 바다로 몰았고, 치졸한 방식을 써서 정신적으로도 폭력을 가했다. 펠레의 눈동자가 두려움으로 커질 때마다 삶에 희망을 품는다는 건 그만한 두려움도 함께 견딤을 의미한다는 것을 실감했다. 목사의 아들과 싸운 펠레는 위기에 처한다. 아버지는 펠레가 추방당할까 걱정되어 주인에게 보호를 요청하러 간다. 아버지는 비굴하게 조아렸다. 그러나 펠레의 추방이 걱정되는 건 주인마님도 마찬가지다. 영리하고 귀여운 펠레가 떠나는 건 농장의 미래에 큰 손실일 것이므로. 주인마님은 펠레가 추방되지 않도록 돕겠다고 약속하면서 수습감독관

직까지 제안했다. 아버지는 아들이 인정받는 것이 기뻤다. 펠레도 잠시 으스대고 싶은 기분에 빠진다. 하지만 그날 밤, 펠레는 처음으로 자신의 운명을 결정한다. 이 농장에 머물지 않고 떠나겠다고 결심한 것이다. 이곳의 현실에 자신을 끼워맞추며 노예의 삶을 지속하기 보다는 바다에 뛰어들어 운명과 한판 승부를 해보지 않으면 안 되겠다는 판단이 들었기 때문이다.

바다는 망망하고 농장은 고단하다. 어린 펠레는 끝없는 고단함보다는 망망한 바다를 선택한다. 망망함 속에는 무언가가 있다. 봄이 와도 떠날 줄을 모르는 사람들 곁에서는 희망을 볼 수 없다. 그래서 펠레는 떠난다. 그저 옷 몇 가지만 챙겨 바닷가로 갈 뿐이다. 그를 태우기로 약속한 조각배 한 척 없고, 마중을 나온 사람 하나 없다. 그러나 새로운 세계를 정복하려면 낡은 것으로부터 탈출해야만 한다. 바다는 탈출하려는 자에게는 장벽이지만, 정복할 세계를 찾아 떠나는 자에게는 새로운 세계를 향해 열린 문이 된다.

내 인생 전부가
액자 속에 있어요

내 사랑

〈내 사랑My Love〉(2016)은 캐나다에서 가장 사랑받는 화가의 이야기라고 했다. 그런데 주인공 그녀의 모습이 밝지 않다. 이모네 집에 얹혀 지내고 있는 모드. 한쪽 다리가 좀 불편하다. 하나뿐인 오빠 조지는 동생 모드를 시골 이모네 집에다 맡겨두고 동생과 상의도 없이 부모님의 집을 팔아버린다. 모드 몫으로는 그녀가 어릴 때부터 쓰던 낡은 화구 뭉치를 던져준 것이 다였다. 모드는 어이없고 화가 났지만, 그녀는 아무것도 할 수 없다. 모드는 모자란 아이로,

아무것도 할 수 없는 짐덩이로 가족 속에서 철저히 부정된 존재였다. 집 밖으로 나가는 것도, 집에서 자기만의 시간을 갖는 것도 자유롭지 않았던 모드. 이모의 차가운 잔소리 속에서 주눅 들어 지내는 모드에게 허락된 유일한 외출은 식료품점에 장을 보러 가는 것이다.

바다 위에 갇힌 육지 위의 생

◇◇◇◇

모드는 식료품점 선반에 놓인 깡통과 유리병에 붙은 라벨을 보는 걸 좋아했다. 물끄러미 바라보고 쓰다듬기도 한다. 그날도 그러고 있다가 가게 주인을 찾아온 한 남자의 이야기를 듣게 된다. 가정부를 구한다는 것이다. 가게 주인이 그 내용을 남자 대신 써서 광고판에 붙여주었다. 숨어서 지켜보고 있던 모드는 잽싸게 그 쪽지를 낚아챈다. 그리고 창문을 통해 남자의 모습을 본다. 수레를 밀고 가는 억센 팔뚝과 별로 성격 좋아 보이지 않는 거친 얼굴이 보였다 (깊은 슬픔을 간직한 듯한 눈빛은 배우 에단 호크의 것이라고 생각한다).

숨 막히는 이모네 집에서 탈출할 기회를 그에게서 본 것일까? 모드가 먼 길을 걸어서 남자의 집으로 간다. 어려서 앓았던 류머티즘 때문에 관절염에 시달리는 모드에게 걷는 건 쉬운 일이 아니다.

한참을 걸어 바닷가 조그만 오두막에 사는 어부의 집에 당도했다. 그러고 보니 그가 사는 곳도 해변의 주택가였다. 그렇게 한참을 걸었는데 다시 바닷가라니. 어디로 가든 바다가 시야에서 떠나지 않는 저런 곳에 살면 가슴이 탁 트이는 기분이겠구나 싶다가도, 어쩌면 모드에게는 바다란 그저 벽 같은 것일지도 모르겠다는 생각도 든다.

아무리 걸어도 벗어날 수 없는, 바다에 갇힌 황량한 세계 속 모드의 삶은 의지하고 사랑할 사람 하나 없이, 잔뜩 움츠린 채로 쓸쓸했을 거다. 거기다 영화가 그려 보이는 모드의 현재 시간은 1930년대 후반이다. 부모님이 안 계시며 의지할 데 없고 몸도 불편한 미혼녀가 생애 처음으로 용기를 내어 다른 삶을 시도하고 있다. 바다를 건너고 산을 넘어 새로운 세계를 향해 가는 것도 아니고 이모네 울타리를 넘어 이웃마을에 가는 것일 뿐이지만, 그녀에겐 모험에 찬 여정이었을 것이다.

당신은 도움이 꼭 필요해요

◇◇◇◇◇

식료품점에 "가정부 구함" 공고를 낸 남자는 생선을 날라다 팔고, 장작도 패고, 어선에서 나오는 이런저런 고철도 수집해다 판다. 보육원의 막일을 돕고 식사를 제공받기도 한다. 성실하지만 고독하다. 누군가를 돕고자 하는 마음이 있지만 거칠게 살아온 이력은 고스란히 드러난다. 자신이 낸 공고를 보고 일자리를 얻으러 왔다는 사람과 어떻게 대화를 나눠야 하는지도 잘 모르는 것 같다. 그런 사정을 눈치챘는지 모드가 더듬더듬 일러준다.

"딕비에서 여기까지 걸어서 왔어요. 차라도 한잔 하면서……."

그제야 모드를 집 안으로 들이지만 에버렛은 영 탐탁지 않은 표정이다. 모드는 너무 작고 말랐으며 다리도 절고 있었다. 하지만 모드는 자신만만하다. 여자 다섯 사람 몫은 한다며. 그러면서도 단 한마디도 자기 사정을 내세우지 않는다. 대신 이렇게 말했다.

"당신은 도움이 꼭 필요해요."

이 말에 마음이 약간 흔들린 것 같은데, 에버렛은 차 다 마셨으면 이만 일어서라고 말한다. 길을 나서며 모드가 말한다.

"또 돌 맞겠네요. 특이하다고 싫어하는 사람도 있더라고요. 하지만 괜찮아요. 모르고 그러는 거니까요."

다리를 전다고 돌을 던지는 아이들이 있다는 말 때문이었을까? 마음이 바뀐 에버렛이 모드를 배웅해준다. 아주 잠깐이긴 했지만 그것은 하나의 가능성이었다. "이 이상은 못 가요."하고 돌아서 가던 에버렛이 문득 뒤를 돌아다본다. '특이하다고 싫어하는 사람들' 때문에 상처받은 기억이, 어쩌면 그에게도 있지 않았을까. 그래서 마음의 문을 꼭꼭 닫고, 혼자서 무소처럼 거칠게 살아온 것인지도 모른다. 일단 거절한 것이지만 그 후로 에버렛은 줄곧 모드 생각뿐이었을 거다.

"누가 하겠다고 오거든 채용하게."

보육원 원장의 충고가 그에게 용기를 주었다. 에버렛이 모드를 데리러 간다. 모드는 잠시도 안 망설이고 짐을 싸서 에버렛의 트럭에 올라탔다.

"일단 해보고 결정합시다."

에버렛이 조건을 걸었고, 모드도 조건을 말했다.

"숙식 제공만 되는 건 알지만 주당 25센트는 받았으면 해요."

작은 오두막이지만 모드에겐 새로운 세계. 이것저것 살피다 하루가 다 지났다.

일하고 돌아온 에버렛은 화를 낸다. 청소도 하지 않고 물건만 뒤졌다고. 다음 날엔 돌아와 보니 집안이 잘 정리돼 있고, 모드가 따뜻한 치킨수프를 내주었다.

저렇게 작은 여자가 직접 닭을 잡았다는 데 놀라고, 누군가가 자신을 위해 요리해주는 음식을 먹는 게 얼마만인지 가슴이 뭉클한데 에버렛은 그런 감정을 표현하는 법을 배운 적이 없다. 마음은 따뜻해져 가는데 말은 더 모질게 나간다.

그렇다. 모드가 잘 보았다. 그에겐 도움이 필요했다. 자기 마음을 제대로 들여다보고 표현하는 법도, 일상을 가꾸는 법도, 사람을 믿는 법도 배워야 했다. 모진 말을 듣는 데는 이골이 난 모드이지만 에버렛의 학대를 과연 얼마나 버틸 수 있을까 걱정스러워질 때, 사건이 일어났다.

에버렛의 친구 프랭크가 모드와 대화를 나누고 있는데 에버렛이 갑자기 모드의 뺨을 갈기며 버럭 소리를 질렀다.

"들어가 있으라고 했지!"

놀란 모드가 집 안으로 들어간다. 한참을 흐느끼던 모드는 붓을 들고 벽에 그림을 그리기 시작한다. 붓을 들고 있으면 하염없이 평안해지는 사람. 모드는 그런 사람이었다. 에버렛이 집에 없을 때면 모드는 붓을 들었다. 낡은 선반을 말끔히 칠하고, 창틀을 칠하고, 벽에다 꽃과 새를 그렸다.

"누가 벽에다 요정 그려도 된다고 했어요?"

"요정이 아니고 새예요."

그림이 대화의 소재가 되면서 에버렛은 자기도 모르게 달라져 간다. 이제 에버렛은 모드가 차려주는 저녁을 먹으며 이런저런 대화도 나눌 줄 알게 되었다.

내 인생 전부가 액자 속에 있어요

◇◇◇◇◇

하루는 낯선 여자가 찾아왔다. 생선 배달이 안 왔다는 것이다. 뉴욕에서 온 세련된 여인이었다. 그녀는 문틈으로 보이는 집 안의 벽 그림에 관심을 보였다. 에버렛의 생선보다 모드의 그림을 사고 싶어 했다. 그때부터 모드는 엽서 크기로 그림을 그려서 여자에게 가져다주고, 화방에도 팔았다.

"내 그림이 마음에 든대요."

모드는 행복했다. 카드 판매는 두 사람의 사업이 됐다. 조그마한 카드 그림만으로는 만족하지 못한 여자가 집으로 찾아와서 큰 그림을 달라고 했다. 그래서 뉴욕으로 보내달라고 했다.

"그런 데다 돈을 쓰는 바보도 있다니."

에버렛은 냉소했지만 마음속으론 깜짝 놀란 눈치였다. 그때부터였을까. 에버렛도 모드가 그리는 그림에 눈길을 주기 시작했다.

"내 이름은 왜 써넣는 거요?"

"이건 우리 둘의 사업이니까요."

모드의 이름과 에버렛의 이름이 나란히 적힌 그림을 볼 때면 에버렛은 가슴이 뻐근하게 벅차올랐지만 말은 여전히 엉뚱하게 뱉는다.

"그림 그린다고 집안일 내팽개치지 말아요."

그래도 많이 나아지긴 했다. 냉큼 이렇게 덧붙였다.

"빗자루질은 해주겠는데 다른 건 못해요."

모드는 그게 사랑의 표현이라는 걸 알고 혼자 미소 짓는다. 그 미소를 놓치기 싫어서 에버렛도 창문으로 그녀가 그림 그리는 모습을 들여다본다. 에버렛이 창문 너머에서 모드를 들여다보는 그 시선을 모드는 온전히 느낀다. 그를 처음 본 날에, 그녀도 창문 너머로 그를 보았었다. 조그마한 네모 속 카드 그림 같은 아름다운 순간이 그녀에겐 얼마든지 많았다. 그녀에게 허락된 것이 손바닥만 한 화폭이 다라고 해도 그녀는 충분히 만족했다. 그 속에 그녀가 본 세상의 아름다운 것을 정성껏 그려 넣고 소중히 기억하는 깃이 행복했다. 삶을 충만하게 산다는 건, 모드가 그리는 카드 그림 같은 것이 아닐까. 대양을 품은 땅 끝 오두막에서 그려낸 소박한 그림들로 행복을 나누어주는 일. 모드는 영화 속 인물들 중 가장 작고 여리고 약한 사람이었지만 그들 중 유일하게 행복을 찾은 사람이었다. 뉴욕의 그녀에게 모드가 이렇게 말한 적이 있다.

"저는 바라는 게 별로 없어요. 붓 한 자루만 있으면 아무래도 좋아요. 창문, 창문을 좋아해요. 지나가는 새도 꿀벌도 좋아해요. 매번 달라요. 내 인생 전부가 이미 액자 속에 있어요."

고개를 들면 보이는 황량하고 거친 바다가 그녀의 그림 속에선 따뜻한 파랑이 된다. 그녀의 삶을 생각하고 그녀의 그림을 보면, 그녀의 목소리가 들리는 것 같다. 이렇게 말하는 목소리가.

'세상이 나에게 함부로 군다 한들, 내 캔버스 안에 들어오면 따뜻하고 귀여워질 뿐인걸.'

내가 본 아름다운 것들을 내 방식으로 기억할 수 있는 손바닥만 한 캔버스가 있다면 그것이 무엇이건 우리의 삶은 바다 위에서나 땅 위에서나 결코 황폐해지지 않을 것이다.

Deep Blue

바다는 모든 걸
받아들인다

우 리 는

같 은 하 늘 아 래

다 같 은 사 람 으 로

살 아 간 다

로마

타일 바닥에 물이 끼얹어진다. 거품을 머금은 물이 바닥을 휩쓸며
잔잔한 물카펫을 만들면 그 위에 하늘이 비친다. 창문에 갇힌 하늘
이다. 그 네모난 프레임 속을 비행기가 지나간다. 영화 스크린이라
는 프레임이 비춘 세상은 또 다른 프레임으로 가득하다. 그 프레임
들을 비추며 이야기를 진행해 나가는 영화, 알폰소 쿠아론Alfonso
Cuaron 감독의 신작 〈로마Roma〉(2018). 이 영화의 인상적인 첫 장
면은 마지막 장면과 이어진다. 창문이라는 틀 속의 하늘, 그마저도

바닥의 물카펫을 통해서만 보여지던 하늘이 영화의 끝에서는 활짝 열린 창공으로 주인공 클레오를 맞이한다. 우리는 같은 하늘 아래 다 같은 사람으로 살아가는데, 클레오에게 하늘은 매일 청소하는 바닥에 고인 물에 어른어른 비쳤다 사라지는 것이었다. 같은 하늘 아래 같은 공기를 마시고 산다고는 해도 저마다 처한 계급적 위치에 따라 들이마시는 공기의 온도도 하늘의 풍경도 달라진다. 바닥만 보고 살아가던 한 사람이 사회적으로 구축된 그 견고한 프레임을 걷어내고 평등한 이웃이 되는 길은 어디에 있을까? 영화 〈로마〉의 주인공 클레오는 자신의 삶을 집어삼키려고 달려오는 거센 파도를 헤치며 그 길을 열어간다.

클레오의 이중생활

◇◇◇◇◇

클레오는 멕시코시티의 '로마'라 불리는 구역의 한 가정에서 하녀로 살고 있다. 의사인 안토니오와 생화학자 소피아 부부가 네 명의 아이들과 함께 살고 있는 집이 그녀의 생활터전이다. 부엌과 연결된 문 밖으로 반 층을 올라가면 클레오와 그녀의 동료이자 친구인 아델라가 잠을 자는 쪽방이 있다. 소피아 가족이 모두 잠자리에 들고 나면 클레오와 아델라는 이 쪽방에 들어가 옷을 갈아입고 전깃

불부터 끈다. 전기를 낭비하면 사모님이 싫어하기 때문이란다. 이 젊은 하녀들은 주인이 원하는 것을 내면화하는 데 익숙하다. 주인의 신경을 거스르지 않는 범위 안에서 움직이는 것이 본능이고, 그들을 위하며 사는 삶이 천성인 듯하다. 소피아는 아델라와 클레오에게 집안일의 대부분을 의지하지만 이들이 가족이라는 테두리 안으로 들어오는 것을 허락하지는 않는다.

"클레오, 애들 아빠에게 차 한잔 갖다줄래?"

가족이 모두 TV를 보던 저녁, 주변 정리를 하던 클레오가 막내 페페의 옆에 자리를 잡고 앉자 소피아는 공연히 클레오에게 일을 시켜 가족 바깥으로 밀어낸다. 클레오는 서운한 기색 하나 없다. 클레오는 이 가족을 온전히 품는다. 아침이면 아이들 방으로 들어가 하나하나 다정하게 깨우고, 밤이면 일일이 잠자리를 살펴준다. 아이들에게 주기도문을 외고, 자장가를 불러주고 사랑한다고 속삭여준다. 그림자처럼 일하면서 주인 부부의 온갖 불평을 다 받아내며 묵묵히 일하고 주인 내외와 아이들을 살뜰히 보살피는 그녀에겐 묵직한 따스함이 있다. 물론 이 집 식구들을 보살피는 일상 외에도 그녀의 작은 세계는 존재한다. 그녀가 스페인어가 아닌 미스텍어로 대화하는 사람들과의 시간이다. 멕시코 원주민 가족과 이웃 그리고 친구들. 하지만 그 세계는 클레오에게 친절하지 않다.

어쩐 일인지 클레오는 가족과 소원하다. 집안 소식도 아델라를 통해 가끔 듣는 정도다. 애인인 페르민도 아델라를 통해 알게 된 남자인데, 불행하게도 그는 클레오를 진심으로 아끼지는 않았다. 클레오가 임신했다고 말하기가 무섭게 사라져버리는 페르민. 클레오의 삶에 험난한 파도가 들이닥쳤다는 걸 영화는 파도를 그린 그림으로 예고하고 있었다(클레오가 페르민과 함께 있던 침대 위에 삐딱하게 걸려 있던 액자 속에는 파도가 그려져 있다).

가족이란 무엇일까

◇◇◇◇◇

"우린 혼자야. 누가 뭐라고 해도 우리 여자들은 늘 혼자야."

소피아가 새 차를 몰고 온 날, 현관에서 클레오에게 툭 던진 말이다. 인생의 험난한 파도는 소피아라고 해서 봐주지는 않았다. 페르민이 임신한 클레오를 버린 것처럼, 소피아의 남편 안토니오도 네 아이들을 남겨놓고 집을 나가 돌아오지 않는다. 소피아는 "우리 여자들은 혼자"라고 냉소적으로 말했지만 "우리 여자들"이라는 말부터가 이미 혼자가 아니라는 사실을 품고 있다. 그녀에겐 어머니가 있고, 클레오도 있다. 소피아와 소피아의 어머니도 클레오가 임신과 출산이라는 힘겨운 일을 겪는 동안 함께 아파하며 곁을 지켜주었다. 그 과정에서 여인들은 새삼 서로에 대한 책임을 느꼈고, 그 감정을 통해 진정한 가족으로 묶였다.

"이번 주말에 툭스판으로 놀러갈 거야. 클레오도 같이 가자. 대신 클레오도 휴가니까 일시키면 안 돼."

클레오는 소피아 가족의 일원으로 함께 바다에 가게 됐다. 사실 휴가는 누구보다 클레오에게 필요했다. 클레오는 페르민의 아이를 낳았지만 아이는 죽어 있었다. 클레오는 지쳐 있었지만 따라나섰다. 아버지를 잃은 아이들과 남편을 잃은 소피아를 위해, 또 자기 자신을 위해 바다로 가족 휴가를 갔다. 툭스판의 파도는 거셌다. 하지만 아이들은 바다에 뛰어들기를 포기하지 않는다. 소피아가 차를 고치러 간 동안 클레오가 혼자 네 아이를 떠맡고 있는데, 문득 두 녀석이 보이지 않는다. 수영을 못하는 클레오에겐 아이들의 이름을 부르면서 바다를 향해 달려간다. 클레오에겐 오직 아이들을 구해야 한다는 생각뿐이다. 거침없이 바다로 들어가 파도를 헤치고 아이들을 붙잡아 데리고 나온다. 그때 소피아가 돌아오고 네 아이와 두 여자는 한데 엉켜 서로를 껴안으며 사랑한다고 말한다. 채 호흡이 가라앉지도 않았는데 클레오가 폐부 깊이 고인 물을 토해내듯 서러운 말을 내뱉는다.

"나는 원하지 않았어요. 그 애를 원치 않았어요. 난 아이가 태어나길 원하지 않았어요. 가여운 아가……."

늘 그림자로만 살며 자신의 감정을 수줍게 간직해왔던 클레오
가 처음으로 속내를 털어놓는다. 가족한테만 할 수 있는 말이었다.

파도를 헤치고

◇◇◇◇◇

클레오는 자신의 아이를 지키지 못했다. 물론 클레오의 잘못이 아
니었다. 하지만 이번엔 가족을 지켜냈다. 그녀가 보살펴왔고 앞으
로도 사랑할 가족이다. 그녀는 이제 잃지 않을 것이다. 계속 함께
하기를 계속 원하지 않으면 잃는다. 잃어보면 알게 된다. 잃었다는
사실보다도, 내가 간절히 원치 않았다는 사실이 더 큰 상처로 남는
다는 걸. 사랑은 그런 것이다.

클레오 가족이 사는 지역, '로마Roma'를 거꾸로 읽으면 '아모르
Amor', 사랑이란 뜻이 된다. 우리 눈과 영혼을 가리는 수많은 프레
임을 걷어내고 내 모습 그대로 세상 앞에 투명하게 설 수 있게 해
주는 건 사랑뿐이다. 인생이라는 바다가 때로 거친 파도로 나를 때
리는 것은 나도 모르는 내 간절함을 일깨우고 내가 진정 원하는 사
랑을 지킬 힘을 일으키기 위해서인지도 모른다.

잃은 후에야
보이는 것들

하나레이 베이

하와이 호놀룰루 공항에 내려 카우와이섬을 찾아가는 일본인 여자 사치의 얼굴은 무표정하다. 보스톤 백 하나 가볍게 들고 그녀가 찾아간 곳은 시체안치실이다.

"아드님이십니까?"

아들의 얼굴은 편히 잠든 것처럼 보였다. 오른쪽 무릎이 상어 이빨에 뜯겨나간 채였다. 사치의 아들 타카시는 이곳에 서핑을 하러 왔다가 익사했다. 상어에게 잡아먹힌 게 아니라 상어의 공격에

놀라 바닷물을 먹고 익사한 것이다. 경관이 해주는 친절한 설명이 배경음처럼 뒤로 묻힌다. 사치에게 들리지 않는다. 아직은, 무의미한 말이었다. 그보다는 경관의 부탁이 더욱 마음에 남았다. 아들을 잃은 건 유감스럽지만 그렇다고 이 섬을 원망진 말아달라는 부탁이었다. 그저 자연으로 돌아간 것뿐이라고. 〈하나레이 베이ハナレイ・ベイ, Hanalei Bay〉(2018)의 도입부를 보며 참 어색하고도 독특한 부탁이군, 하고 객석에 앉은 나는 생각한다. 한참 뒤에야 그 부탁이 누구보다도 그 섬에서 아들을 잃은 사치를 위한 말이었다는 걸 알았다. 사건은 일어났고, 아들은 돌아올 수 없는데 섬, 바다, 서핑, 상어 그런 걸 원망해봤자 본인만 힘들다. 섬도 바다도 상어도 아무 반응하지 않을 것이며 이 섬에 서핑하러 오는 사람들도 여전할 것이다.

떠난 뒤에야 다가오는 것들

◇◇◇◇◇

아들이 죽었다. 그런데 아무 감정이 일어나지 않는다. 어쩌면 사치는 그게 더 당황스러운 건지도 몰랐다. 아들의 유골함을 들고 공항에 간 사치는 불현듯 마음을 바꾼다. 출국장으로 들어가지 않고 렌터카 데스크로 가서 곧장 차를 빌리고 아들이 죽은 곳, 하나레이 해변으로 간다. 사치는 호텔에 방을 얻어 지내며 낮에는 간이 의자를 가지고 나와서 바다가 잘 보이는 자리에 앉아 책을 읽다가, 파도 타는 서퍼들을 바라보다가 하며 지냈다. 그렇게 10년이 흘렀다. 10년째 거기 있었다는 게 아니고 매년 아들의 기일 즈음해서 삼 주 정도씩 하나레이베이에서 휴가를 보낸 것이다. 사치의 사연을 아는 사람들은 그녀를 보면 괜찮냐고 묻고, 다정하게 대해주었다. 그녀에겐 충분히 위로받고 충분히 애도할 시간이 필요했던 건지도 모른다. 어쩌면 그저, 쉴 틈이 필요했던 걸 수도 있다. 도쿄에는 아들과의 추억이 없었다. 사치는 재즈피아니스트였다. 남편은 아들이 아직 갓난쟁이일 때 세상을 떠났고 이후 사치는 피아노바를 차려 혼자 운영해왔다. 아들은 공부를 잘하지도 못했고, 뭔가 되어보려는 생각도 없는 것 같았으며, 어떤 일을 진득하니 해본 적도 없었다. 적어도 사치가 보기에는 그랬다. 엄마를 대하는 태도는 무뚝뚝하고 시니컬했다. 어쩌다 잔소리라도 하면 뜨악해하며 '당신이 나한테 그럴 자격이 있냐'고 묻는 듯한 표정을 지었다. 그런 아들이 모처럼 다가와 한 부탁이 "하나레이 가게 돈 좀 줘."였다. 하나레이에 갈 생각에 들떠서 즐거워하는 아들 모습에 사치도 오랜만에 흐뭇한 미소를 지었었다. 살아가는 데 도움될 거라곤 1도 없는 서핑 따위에 미쳐서 아무 생각없이 사는 남자아이. 나이로는 성인이지만 아직 아이 같고 철딱서니 없고 미래에 대한 계획도 대책도 없는 도쿄의 젊은 놈. 파도타기에 빠진 아들을 이해 못 한 건 아니었다. 사치도 그만할 때 피아노에 빠졌으니까. 피아노를 전공하거나 직업 삼으려는 포부가 있었던 건 아니었다. 그저 피아노 연주가 적성에 맞았고, 마음이 툭 트였고, 좋았다. 마음 깊은 곳에서는 아들을 이해하면서도 자신을 배려하지 않는다는 것 때문에 마음이 상한 것이다. "네가 누구 돈으로 살고 있는데…"라고 시작하는 말이 튀어나오는 것을 때로는 삼키고 때로는 꺼냈다가 관두고 그러면서 아슬아슬 살얼음판을 내딛는 기분으로 지내온 시간들을 그렇게 하나둘 떠올린다.

도쿄에서 두 시간 정도만 가면 서핑으로 유명한 쇼난에 닿을 수 있을 텐데, 아마 아들이 파도타는 모습을 한번도 본 적이 없겠지, 그래서 저렇게 하나레이 베이를 매년 서성이는 거야, 하고 객석에 앉은 나는 생각한다.

잃은 후에야 보이는 것들

◇◇◇◇◇

그렇게 해마다 호놀룰루행 비행기를 타던 세월이 10년, 사치는 우연히 만난 일본인 남자애 두 명을 차에 태우게 된다. 10년 전의 타카시처럼 서핑하려고 거기까지 온 아이들이었다. 사치의 눈에 참 대책없는 아이들이었다. 하와이에서 왜 일본어가 통하지 않느냐고 묻는데 그렇게 보일 수밖에. 사치는 노숙하지 말고 안전한 호텔에 묵으라고 조언하고 직접 데려다주었다. 늘 그랬듯이 간이의자를 가지고 나가 바다가 잘 보이는 곳에 자리를 잡고 책을 읽다가 가끔 바다 쪽을 바라보았다. 그 아이들이 신나게 파도를 타고 있었다. 상승하는 파도를 타고 올라 중심을 잡았다가 파도가 사그라지면서 함께 쓰러지고, 다시 일어나 또 밀려오는 파도를 타는 걸 끊임없이 반복하고 있었다. 싱그러운 젊음이었고, 당당해 보였다. 그 아이들은 파도타기의 귀재였다.

아이들이 사치가 가끔 들러 연주를 하는 레스토랑에 찾아왔다. 사치와 이런저런 얘기를 하고 있는데 한 남자가 다가와 시비를 걸었다.

"너희 일본인들은 왜 자기 나라를 스스로 지키지 않지? 왜 내가 거기까지 가서 너희를 지켜줘야 했던 거지?"

미군으로 일본에서 복역한 남자의 헛소리를 사치는 냉정하게 받아친다.

"어떻게 살면 너처럼 쓰레기 같은 생각을 할 수 있지?"

술로 세월을 보내는 퇴역군인과 일본인 셋이 실갱이하는 이 장면이 왜 필요했을까, 객석의 나는 좀 의아해진다. 그런데 '어떻게 살면 너처럼 쓰레기 같은 생각을 할 수 있지'라는 그 말이 사치가 자신에게 한 말이었다는 걸 곧 알게 됐다. 자신을 제대로 보살피지 않고 살았으니 아들을 제대로 보살필 수 없었다. 돈을 벌어 생활비를 대는 것으로 할 바를 다했다고 생각했다. '내가 널 어떻게 키웠는데 넌 내 생각은 조금도 하지 않고 아무 계획도 없이 너 좋을 대로만 하고 사느냐'고 마음속으로 숱하게 원망했다. 그녀가 감당한 현실은 아들 때문이 아니었다. 그가 일본까지 가서 군복무를 한 게 사치나 젊은 서퍼들의 탓이 아니듯이 그녀가 감당한 현실은 아들 탓이 아니었다.

파도타기의 기술

◇◇◇◇◇

"아들을 잃은 건 안타깝지만 이 섬을 원망하진 마세요."

그 말은 그냥 들어간 대사가 아니었다. 그녀의 쓸쓸함은 아들 때문이 아니었다. 폭력적이고 대책 없이 살았던 건 그녀의 남편이었지 아들 타카시가 아니었다. 갓난쟁이 아들을 책임져야 했기에 피아노바를 차려 운영하고 혼자 키워온 세월은 상실이 아니라 성취였다. 그리고 파도타기에 미친 젊은이들 역시 아무 생각 없는 철딱서니가 아니었다. 하와이에서 왜 영어가 안 통하냐고 툴툴대던 남자아이는 시비를 걸어왔던 그 미군 남자와 싸우고 경찰서에 잡혀 있었다. 도쿄에서 우연히 다시 만났을 때는 곧 대학을 졸업한다는 소식을 들려주었다. 밀려오는 파도를 하나하나 올라타고, 쓰러지면서도 깔깔 웃고, 또 다른 파도에 올라타는 일을 끊임없이 반복하면서 일생의 파고를 넘어갈 연습을 하는 중이었다. 왜 그땐 그렇게 보지 못했을까. 아들이 떠난 지 10년이 지난 후에야 사치는 다른 아이들을 통해 자신의 아이를 이해하게 되었다. 타인의 시선이 되어야 보이는 것이 있다. 내가 못 보는 내 모습, 내가 알지 못하는 (알려고 하지 않는) 가족의 모습이 있다. 이 사실을 인정하고 제대로 볼 수 있을 때 (그럴 용기를 낼 때) 어깨를 짓누르는 인생의 무게를 훌훌 털고 자유로워질 수 있을 것이다. 끊임없이 밀려오는 파도에 올라탔다 쓰러지기를 즐겁게 반복하는 젊은 서퍼처럼 말이다.

미 지 의   존 재 를

인 간 은
어 떻 게   알 게   되 는   것 일 까 ?

하트 오브 더 씨

술 마시고 노래하고 춤을 춰봐도
가슴에는 하나 가득 슬픔뿐이네.
무엇을 할 것인가 둘러보아도
보이는 건 모두가 돌아앉았네.

송창식의 노래 〈고래사냥〉은 70년대의 히트곡이다. 그 시절
많은 청춘들이 이 노래를 부르며 울분을 달랬다. 가슴 가득 차오

르는 슬픔과 세상이 다 나에게서 등을 돌린 듯한 절망을 말하다가 "자~"하고 내지르는 소리와 함께 동해바다로 고래를 잡으러 가자고 고래고래 소리를 지르는 후렴이 나오면 부르는 사람도 듣는 사람도 절로 팔이 허공을 찌르게 된다. 술 마시고 세상을 한탄하다가 갑자기 고래를 잡으러 가자니? 그것도 '신화처럼 숨을 쉬는 고래'를 잡으러 가잔다. 노래의 가사처럼 젊은 시절엔 누구나 가슴에 간직한 예쁜 고래 한 마리가 있고, 완행열차를 타고 떠나야 하는 동해바다와 그 속에서 신화처럼 숨을 쉬고 있는 고래를 잡고 말리라는 꿈이 있는 법이다.

미지의 존재

◇◇◇◇◇

영화 〈하트 오브 더 씨In the Heart of the Sea〉(2015)는 이런 질문으로 시작한다.

"미지의 존재를 인간은 어떻게 알게 되는 것일까?"

영화 속에서 넌티컷의 에식스호의 침몰 사건을 취재 중인 신출내기 작가 허먼 멜빌이 던지는 질문이다. 넌티컷은 한때 북미 동부에서 보스턴과 뉴욕이 커지기 전까지는 제법 번영을 누렸던 섬이었다. 포경산업이 활발했던 시절의 이야기다. 넌티컷 유지들의 꿈을 싣고 출항했던 에식스호의 침몰은 하나의 시대가 저물었다는 것을 상징하는 거대한 사건이었다. 하지만 그 사건은 오래도록 묻혀 있었다. 사람들은 실패를 빨리 잊어버리고 싶어 하니까.

고래 기름으로 밤을 밝히고 돈을 벌던 시절이 막을 내린 지도 수십 년이 지났는데, 한 남자가 그때의 일을 취재하러 이제는 쇠락한 넨티컷섬을 찾아온다. 아무도 말해주지 않는 수십 년 전 에식스호의 진실을 만나러 온 젊은 작가 허먼 멜빌이 황량한 섬에서 아내와 단둘이 살고 있는 에식스호의 유일한 생존자 니커슨을 찾아온 것이다. 에식스호 출항 당시 열네 살 소년이었던 니커슨은 그때의 기억을 말하고 싶어 하지 않는다. 하지만 허먼 멜빌의 간절함과 아내의 권유에 그는 평생 묻어놓은 이야기를 시작하게 된다.

결론부터 말하면, 에식스호는 거대한 고래의 공격으로 침몰했다. 그 고래는 포경선을 공격하는 법을 알았을 뿐만 아니라, 인간을 향해 분노의 감정을 표출했으며, 선원들 중 일부에게는 큰 상처를 주어 돌려보내 인간사회에 경고를 보낼 줄도 알았다. 하지만 고래의 공격에서 살아남은 사람들은 입이 무거웠다. 아무리 말을 해도 직접 경험해보지 않고서는 믿기 힘든 존재이기 때문이다. 들을 준비가 되어 있지 않은 사람에게는 어떤 말도 가닿지 않는다. 차라리 하나의 환영이라고 치부되는 편이 나았다. 인간들의 무자비한

포획이 복수를 부를 거라는 생각에서 비롯된 공포라는 것이 훨씬 일리가 있었다. "미지의 존재를 인간은 어떻게 알게 되는 것일까?"라던 도입부의 질문이 다시 제기된다. '미지의 존재'에 대한 '인간의 의문'은 인간의 마음속에서 시작되는 것. 그래서일까. 에식스호는 스페인 선원들로부터 그 무시무시한 고래 이야기를 들은 후에도 더 먼 바다로 나아간다. 이미 너무 멀리 왔고, 목표한 기름의 양은 채우지도 못한데다, 유령처럼 떠도는 공포의 백고래를 잡아 영웅이 되고 싶다는 욕망이 그들을 부추겼다. 그 욕망의 주인은 에식스호를 이끄는 두 남자의 것이었다.

현실 속의 고래

◇◇◇◇◇

열네 살의 선원 니커슨이 바라본 에식스호는 두 남자의 한판 승부처였다. 니커슨의 눈에는 두 남자가 바로 고래들이었다. 권위와 실력이라는 이름의 고래들이다. 나머지 선원들은 고래싸움에 낀 새우 처지다. 한 남자는 포경업으로 일가를 이룬 가문에서 태어나 에식스호의 선장이 된 조지 폴라드, 다른 한 남자는 고래잡이 경험이 풍부한 일등항해사 오웬 체이스다. 오웬은 자신이 선장이 될 줄 알고 있었지만 넌티컷의 유지이자 투자가이며 포경업으로 일가를 이룬 폴라드 가문의 조지에게 밀리고 말았다. 조지는 그런 오웬을 의식해 선장으로서 자신의 권위를 지키려고 고군분투한다. 오웬은 그런 조지를 자극하지 않으면서 자신의 실력을 인정받고, 고래 기름을 가득 채운 채 귀환하여 다음번에는 선장이 되고 말겠다는 욕망을 이루려 애를 쓴다. 바다는 말이 없다. 인간들의 무분별한 고래사냥으로 바다는 이미 고래들의 무덤이 되어 있었다. 그리고 실체를 알 수 없는 거대한 백고래가 에식스호를 노리며 다가오고 있었다. 그 공포의 실체는 점점 더 가까워졌고, 에식스호가 침몰한 후에도 그들을 떠나지 않고 끝까지 추격했다.

다시, 당신의 고래를 묻다

◇◇◇◇◇

포경산업은 몰락했다. 고래 기름을 에너지로 삼던 시절도 끝났다. 하지만 이야기는 끝나지 않았다. 고래를 잡으려다 고래에게 쫓겨 사지에 내몰렸던 90일간의 표류에서 어떤 일이 있었는지 평생 말하지 못한 채 살아온 마지막 생존자 니커슨에게 그 이야기를 듣고, 소설로 써내려 하는 허먼 맬빌의 밤이 끝나지 않았기 때문이다. 다시 두 남자의 대결이다. 바다에서 인간성의 끝을 보았던 한 남자와 그 끝을 캐내려는 남자. 여기서 고래는 다시 수면 위로 모습을 드러낸다. "나는 너대니엘 호손 같은 작가는 못돼요."라고 말하는 신출내기 작가 앞에서 그 옛날의 어린 선원 니커슨이 머뭇댄다. "당신은 그 이야기를 해야만 해요."라고 말하는 아내의 격려가 힘이 됐다. 이제는 아무도 관심을 갖지 않는 이야기가 그것을 간절히 원하는 사람의 것이 된다. 고래는 그것을 원하는 사람에게만 모습을 드러낸다. 허먼 맬빌의 간절함은 깊은 바다에 잠들어 있는 고래를 불러냈고, 마지막 숨을 쉬러 올라온 고래는 힘차게 물을 뿜어냈다. 허먼 맬빌은 그렇게 자신의 고래를 찾았다. 이것이 그토록 넘어서고 싶어 한 작가 너대니얼 호손으로부터 극찬을 받은 대작『모비 딕』이 탄생한 사연이다. 자, 이제 당신에게 물어보자. 당신의 고래는 어디에 있는가. 그를 만나기 위해서 당신은 어디까지 갈 수 있나? 당신을 이끌어줄, 당신이 이끌어야 하는 유약한 선장과 당신의 항해를 함께하고 지켜봐줄 어린 선원을 당신은 가졌는가? 또는 이렇게도 물을 수 있다. 완전한 파국 뒤에 그 일을 증언할 용기를 당신은 언제까지 간직할 수 있을까? 그 이야기를 들어줄 사람을 당신은 언제까지 기다릴 수 있을까?

'우리'가 될 수 없는
사람

쿠르스크

지구의 표면을 크게 둘로 나눈다면 무엇과 무엇으로 나눌 수 있냐는 질문을 받는다면, 육지와 바다라고 답해야할 것이다. 그런데 지구 표면에 살고 있는 생명체, 그중에서도 인간을 어떻게 나눌 수 있겠냐 묻는다면 골똘해진다. 남자와 여자? 어른과 아이? 서양인과 동양인? 처음엔 좀 속도가 더디지만 자꾸 생각해보면 참 여러 기준으로 사람을 나눌 수 있다는 걸 알게 된다. 닭발을 매우 좋아하는 내 친구는 사람이 같이 닭발 먹을 수 있는 사람과 그럴 수 없는 사람으로 나뉜다고 했다.

사람은 어떻게 나뉘는가

◇◇◇◇

최근에 차를 장만한 후배는 주변 사람을 차 있는 사람과 없는 사람
으로 나누고, 얼마 전 어머니를 떠나보낸 선배는 세상 사람들이 엄
마 있는 사람과 없는 사람으로 갈라져 보인다고 했다. 어떤 선생님
은 반 아이들 중 수영할 줄 아는 아이와 못하는 아이를 구분하는
걸 중요하게 여기고, 어떤 선생님은 학년 초가 되면 읽고 쓰기가
안 되는 아이를 색출하느라 혈안이 된다. 사람을 어떻게 구분하는
지를 들여다보면 그 사람이 중요하게 여기는 게 무엇인지, 마음에
어떤 상처가 새겨졌는지도 알게 된다. 이 땅 위에 그어진 군사분
계선처럼 처음엔 너무나 예민해서 만질 수조차 없는 상처였던 것
이 어느새 굳어져 편견으로 고착되기도 한다. 어떤 사건은 사람을
나누는 기준을 다른 차원으로 옮겨버리기도 한다. 몇 년 전 세월호
사건을 겪으며 사람들은 얼마나 많이 여러 갈래로 나뉘었나. 지배
자와 피지배자, 권력자와 비권력자, 전문가와 비전문가 그리고 관
계자와 관계자 외……. 그렇게 자신의 이해관계에 따라 첨예하게
나뉜 관점과 문법에 사람들은 새삼 화들짝 놀라면서도 빠르게 익

숙해졌다.

2000년의 실화를 바탕으로 한 영화 〈쿠르스크Kursk〉(2018)를
보면 그러한 분절이 더 또렷이 다가와 슬퍼진다. '우리'라는 이름
으로 묶어서 부르던 '우리'가 실은 육지와 바다보다 더 다른 존재
일 수도 있다는 서글픈 자각 때문에. 영화는 바다로 들어간 사람들
이 그 밖의 사람들과 나뉘는 순간을 뚜렷이 구분해놓았다. 잠수함
이 바다로 들어가자 스크린 양쪽이 커튼을 열 듯 넓어진다. 마치
바다에서의 시간만이 진짜 시간이라는 듯이. 그리고 정말 바다의
시간과 육지의 시간은 다르게 흘러간다. 그러나 절체절명의 순간
에는 무언가가 폭발하듯 바다 밑의 사람과 땅 위의 사람이 같은 시
간 속에 서로에게 간절한 그 무엇이 되기도 한다. 그 순간에도 역
시 사람은 나뉜다. 그 애끓는 소리에 공명하는 사람과 무표정하게
외면할 수 있는 사람이다.

우리는 뱃사람들

◇◇◇◇◇

바다에서 살아가는 남자들이 어떤지는 나도 겪어봐서 알고 있다.
그들은 거칠어 보이지만 타인과 자신의 생명을 구분하지 않을 만
큼 공동체 감각이 남다르다. 위급한 순간에 다른 사람부터 살리고

보는 윤리감각이 본능처럼 몸에 장착되어 있는 그들은 자신의 눈앞에서 누군가가 다치거나 죽는 걸 용납하지 않는다. 바다에 나갔다가 언제 사라져도 이상하지 않을 만큼 몸을 사리지 않는 사람들인데 이상하게도 별일 없을 거라는 믿음이 간다. 왜냐하면 남의 목숨을 제 목숨보다 아끼는 그들 곁에는 그들과 똑같은 태도를 가진 누군가가 함께 있을 테니까. 이 바다 사나이들은 지금이 아니면 다음은 없을 수도 있다는 감각으로 타인을 사랑하며, 내 눈앞에서 누군가가 고통 받고 죽어가는 것을 보느니 차라리 자기 목숨을 내놓을 사람들이다. 그런 사람들이 몇 년 전 그 바다에도 있었다. 그런데 그들은 눈앞에서 바다에 잠겨가는 사람들을 구하지 못했다. 그렇게 못하도록 막은 사람들이 있었다. 그와 유사한 악몽을 영화를 통해 보는 게 얼마나 괴로울지 미리 각오하지 않고는 이 영화를 끝까지 보기가 쉽지 않을 것이다. 동료의 결혼 축하 파티에서 "우리는 뱃사람들…"하고 시작하는 익숙한 멜로디의 해군가를 부르며 동료애를 과시하던 젊고 뜨거웠던 남자들도 그렇게 다시는 돌아오지 못할 길을 떠났다. 어느 날씨 좋은 토요일이었다. 다섯 살 아들 미샤와 사랑하는 아내 타냐, 그녀의 뱃속에 있는 둘째를 두고 미하일 대령이 쿠르스크호에 올랐다. 쿠르스크호는 러시아가 소유한 핵잠수함 중 하나다. 노쇠하고 초라해진 해군 함대를 바라보는 그루친스키 함장의 마음은 착잡하기만 하다. 그 옛날 위용을 자랑하던 배들이 이제는 식료품을 실어 나른다고 했다. 잠수정 하나는 타이타닉 관광을 위해 미국에 팔린 지 오래다. 이제는 무엇 때문에 이 훈련을 하는지도 모르겠다. 적이 어디에 있다는 건지, 그 적은 누구인지도 알 수 없다.

소속으로는 적군, 직업으로는 동료, 인간으로는 친구

◇◇◇◇◇

러시아 해군이 훈련을 개시하면 세계 각국이 주시한다. 영국 해군 제독 데이비드 러셀도 러시아 해군의 움직임에 촉각을 곤두세우고 있다. 러시아 해군의 그루친스키와 영국 해군의 러셀은 함께 낚시도 하고 술도 마셨던 사이다. 전시에는 적장이 되겠지만, 평소에는 직업적 동료일 뿐이다. 서로 고충도 나누고 우정도 쌓는다. 러셀은 그루친스키가 지휘하는 러시아 해군의 움직임에 긴장되기도 하지만 동시에 그의 안부가 궁금하기도 하다. 그러던 차에 지진인가 싶은 진동이 두 번 감지됐다. 리히터 3.9 규모의 진동이다. 러셀은 바로 눈치챈다.

"맙소사, 잠수함이 침몰한 거야. 북방함대 본부에 전화 연결해."

하지만 그루친스키는 응답하지 않는다. 그쪽에선 아직 상황 파악조차 못했기 때문이다. 규모가 불분명한 진동이 있었다는 것뿐, 잠수정을 타고 내려가 직접 눈으로 확인해봐야 한다. 상황은 상상했던 것보다 훨씬 처참했지만, 생존자가 있었다. 생존자들은 훈련받은 대로 매시 정각마다 비상구를 망치로 두드려 신호를 보내고 있었다. 러셀도 그루친스키도 같은 마음이다. 바다 밑에 갇힌 사람은 적군도 아군도 아닌 구해내야 할 가족이다. 서로 같은 마음인 걸 알기 때문에 긴 대화가 필요치 않았다. 그루친스키가 러셀에게 전화를 건다. 지원을 받아들이겠다고. 거기엔 영국 해군의 기술 지원만이 아니라 또 다른 지원이 포함되어 있었다. 러시아가 침몰한 잠수함 속에 갇힌 생존자를 구하기 위해 외국의 원조를 받아들이도록 여론을 몰아주는 언론플레이 말이다. 러셀은 프랑스, 노르웨이 등 주변국들까지 합세시켜서 바다 밑에 갇힌 러시아 해군들을 살리는 데 필요한 모든 자원을 총동원하여 대대적인 기자회견까지 했다.

내가 위에 있다면

◇◇◇◇

잠수함 안은 아수라장이었다. 두 번의 폭발 후 잠수함 후미의 격실에 있던 대원들만 살아남았다. 출항 전부터 의심스러웠던 미사일이 끝내 일을 낸 것이다. 담당이던 파벨이 폭파 직전에 상부에 발사허가를 요청했지만 허가를 받지 못했다. 재앙이 일어날 게 뻔해도 명령이 없으면 군인이 할 수 있는 일은 없었다. 남은 병사들을 미하일이 이끈다. 극도의 불안을 보이며 떨고 있는 레오에게 미하일이 이렇게 말한다.

"넌 지상에 있는데 동료들이 여기 갇혀 있다면 어떻게든 구하려고 하겠지? 못할 게 없을 거야."

그제야 레오가 고개를 끄덕인다. 우리가 여기 있는 걸 안다면 어떻게든 구해낼 거라는 걸 의심하지 않는 것이다.

구조대가 왔다가 그냥 간다. 구조정의 꼬리 부분이 손상된 데다 도킹을 시도하려는 순간 배터리가 바닥을 드러냈기 때문에 더 머뭇거릴 시간이 없었다. 배터리 충전에는 12시간이 걸리고, 다른 구조정은 없다. 한시가 바쁜 상황인데 그놈의 명령을 기다리느라 각국의 지원군은 발목이 묶여 있다. 러셀이 지원군을 이끌고 현장에 도착했지만 그에게 지원을 요청한 그루친스키는 지휘권을 박탈당한 채 혼자 텔레비전으로 상황을 보고 있어야 했다. 러셀이 페트렌코 제독에게 시간이 관건이라며 빨리 무인잠수정을 보내야 한다고 재촉하자 그는 아무것도 급할 게 없다는 듯이 말했다.

"구조작업은 수행되고 있으며 여러분의 투입은 내일 결정하겠습니다."

그에게는 나라의 체면이 더 중요했다. 다른 나라의 원조를 받아 군인들을 구하게 되면 보잘것없는 자국의 기술력을 인정하고 마는 셈이니 차라리 침몰된 채 묻어버리는 것이 낫다고 여긴 것이다. 최고 결정권자가 그렇게 완고하게 버티는 사이 잠수함 속에는 산소가 떨어져 버틸 시간이 2~3분밖에 남지 않게 되었다. 병사들은 최후를 각오하며 노래를 부른다.

"우리는 뱃사람……."

수심은 고작 160미터였고, 유리알처럼 투명한 바닷속이었다.

'우리'가 될 수 없는 사람

◇◇◇◇◇

장례식에서 타냐가 미하일의 편지를 읽는다. 미하일이 죽기 전에 마지막으로 한 일이 아내에게 편지를 쓰는 것이었다.

"영원한 건 없지만 시간이 더 있다면 당신에게 더 베풀고 아이도 더 낳고 싶었어. 아이들을 사랑해. 우리를 위해, 아이들을 위해, 말하고 또 말해줘. 엄마만큼이나 너희도 사랑한다고. 다른 사랑을 찾길 바라. 나도 사랑해주고. 당신에겐 비록 짧은 사랑이지만 내겐 당신만이 영원해."

　쿠르스크호에 아들이나 남편을 보낸 가족들은 어떻게 나뉘었던가. 군대를 믿고 기다려야 한다는 사람들과 어떻게든 정보를 모아 상황을 파악하고 관계자들을 압박하려는 사람들로 나뉘었다. 그러나 한마음이었다. 살아 돌아오기를 바라는 마음만은 하나였다. 그들이 살아 돌아오는 것이 별로 중요하지 않은 사람들은 끝내 '우리'가 될 수 없다. 사람은 그렇게 나뉜다. 사람을 사람으로 여기는 사람과 그렇지 못한 사람 같지 않은 사람으로. 사람을 나와 같은 사람으로 대하는 윤리 감각을 갖지 못한 사람이 지도자가 되어선 안 된다는 것을, 그런 사람을 구분해낼 줄 알아야 한다는 것을 사람들은 이런 처참한 대가를 치르고서야 배우게 된다.

티 끌 없 는

마 음 의
영 원 한   빛

이터널 선샤인

뉴욕의 아침, 한 남자가 출근 열차를 타려다 말고 갑자기 반대편 플랫폼으로 달려간다. '몬탁행 열차'가 건너편에 들어온 것을 보고 행선지를 바꾼 것이다. 이른 아침의 푸른 공기 속에 무표정한 얼굴로 일터로 향하던 그가 '일터와 반대 방향으로 가는 열차'를 잡아타고 종점까지 가버리는, 이 느닷없는 일탈은 어쩌면 모든 직장인의 로망일 터. '몬탁Montauk'을 종점으로 달리는 열차 안에서 남자는 노트를 펴고 그림을 그리고 글을 쓴다. 일상에서 보고 느끼는 다양한 경험과 감정을 손으로 그려내고 글로 기록하는 사람은, 내가 아는 한 결코 충동적이지 않다. 차분하고 내성적인 성격일 그 남자를 기차로 서너 시간이 걸리는 바닷가까지 내달리게 했다면 거기엔 뭔가가 있는 것이다. '몬탁'이라는 지명이 그를 자극해 루틴한 일상에 균열을 냈다면, 아마도 거기에 깊은 사연이 있을 것이다. 뉴욕주의 동쪽 끝, 뉴욕 시내에서는 반나절이 걸리는 이 외딴 해변은 그가 클레멘타인을 처음 만난 곳이다.

몬탁행 열차가 도착했습니다

◇◇◇◇

미셸 공드리 감독의 〈이터널 선샤인Eternal Sushine〉(2004)은 한 번 봐서 맥락이 이해되는 이야기는 아니다. 가까운 과거와 현실이 교차하는 지점의 미묘한 색감 변화를 예민하게 눈치챌 수 있다면 모르지만. 시대적 배경조차 모호하다. 잊고픈 기억을 지워준다는 SF적 의료기술을 민간인이 자유롭게 이용하고 있는 시대라면 미래인가 싶은데, 주인공 조엘이 공중전화로 동료에게 결근 사실을 알리는 장면이나 사람들이 아직 SNS도 이메일도 쓰지 않는 걸로 봐서는, 적어도 21세기는 아니다. 어쨌거나 이 영화가 나온 지 15년이 흐르는 동안 〈이터널 선샤인〉의 세계는 계속되고 있다. 이 이야기를 아는 사람들의 세계에서는 몬탁 해변에서 조엘과 클레멘타인이 만나는 일이 계속된다. 둘은 사랑하고 상처주고 이별하지만 또다시 몬탁에서 만날 것이다. 어떤 사람은 조엘과 클레멘타인이 사랑에 빠질 것을 예감하는 데 집중하고, 또 어떤 사람은 저러다 서로 상처받고 말 거라는 냉소를 보내고, 누군가는 헤어지는 결말을 확신하며 달콤한 로맨스에 찬물을 끼얹고, 또 다른 누군가는 저 연인들이 지금은 헤어져도 다시 만나고 싶어 한다는 진심에 희망을 걸고 있을 것이다. 나는 우주의 시간 속에 같은 방식으로 끝없이 반복되어왔을 만남의 우연성을 음미하며 〈이터널 선샤인〉의 세계 속을 우울하게 거닌다. 나 역시 언젠가 다른 시간과 공간 속에 살았던 존재의 반복인 걸까? 이 반복되는 실수 같은 삶을, 나는 조금도 교정하지 못한 채로 무한히 반복하고만 있는 것일까? 나는 무의식 속에 입력된 대로 사고하고 행동하는 기계인 것일까?

그냥, 음미하자

✧✧✧✧✧

조엘과 클레멘타인이 만나고, 사랑하고, 상처를 주고받으며 이별하고, 또 다시 만나는 사랑의 역사가 계속 반복되고 있는 〈이터널 선샤인〉의 세계는, 숨을 만한 하나의 도피 공간으로 마음속 한 자리를 차지한다. 어느 날 문득, 그곳에 가야할 것만 같은 생각이 들어서 그곳으로 가게 될 것이다(어쩌면 그 약속 때문에 우리는 지금 여기에 있다). 낯선 한 사람을 우연히 만나 낯설지만 익숙한 감정이 일어나게 될 것이다. 서로에게 서서히 다가가다 마침내 연인이 될 것이다. 기억에는 없지만, 몸과 마음이 기억하는 대로, 똑같은 방식과 절차를 거쳐 사랑에 빠지며, 해서는 안 되는 줄 뻔히 아는 말을 내뱉고는 후회를 하고, 서로 경쟁하듯 상처를 주고받으면서 실수를 반복할 것이다. 그리고 헤어질 수밖에 없는 운명의 시간을 아쉬워하며 다음에 거기서 다시 만나자고, 기억도 못할 허무한 약속을 할 것이다. 하지만 우리는 안다. 그 약속은 지켜진다는 걸(우리가 지금 여기에 있는 것도 그 약속 때문이다). "몬탁에서 만나." 처음에 만났던 그곳으로 오라고, 클레멘타인은 말했다. 이 약속을 기억하지 못할 것을 안다. 서로가 지워지는 것이 싫어서 더 깊은 기억 속으로 함께 도망쳤던 이 기억도 사라질 것을 안다. 그러면 어떻게 하지? 클레멘타인이 묻고 조엘이 답한다. "그냥, 음미하자."

세 번째 〈이터널 선샤인〉을 보던 밤에, 이 대목에서 숨이 멈췄다. 다 잊고 싶다고, 지워버리고 싶다고 해놓고 막상 기억이 지워져가자 그만 멈추고 싶다고, 기억을 지우고 싶지 않다고 발버둥치던 조엘은 어느 순간, 그런 애씀조차 지워질 거라는 걸 체념하듯 받아들이게 된다. 그리고 "Enjoy it." 지금 이 순간을 그냥 음미하자고 말한다. 우리가 저마다 찾아 헤매던 삶과 사랑의 의미는, 모든 뼈와 살을 해체하고 나면 남는 것은 그저 지금 이 순간을 생생하게 느끼는 것, 지금 할 수 있는 것을 할 뿐, 어떤 의미도 없다. 의미 없는 약속, 기억 못할 약속, 지키지 못할 약속을 그래도 하는 것은 미래를 위해서가 아니라, 지킬 수 있다고 생각해서가 아니라, 지금 이 순간의 마음을 표현하기에 그 말이 가장 정확하기 때문이다. 지워지는 연인을 향해, 클레멘타인은 말한다. "몬탁에서 만나."라고. 그 약속을 지킬 수 있을지 없을지 알 수는 없지만, 그 약속을 이 세계 어딘가에 입력해둘 수는 있다. 언젠가 어디선가, 그 말이 작동할 시간과 장소는 태어날 것이다. 조엘이 무작정 몬탁으로 가는 기차에 몸을 싣던 그 아침처럼 말이다.

나도 오늘, 오늘의 사랑을, 그 사랑을 위한 약속을, 가장 정확한 언어로 만들어서 어딘가에 남겨두고 싶다. 거기서 다시 만나자, 하고. 나와 그의 기억 속에도 조엘과 클레멘타인의 해변 몬탁 같은 그런 해변이 있을 것이다. 비록 기억은 못하지만. 지나간 시간의 티끌 하나 남기지 않고 순결하게 다시 태어난 영혼이라도, 영원의 햇살이 비치면 그 그림자가 드리워지고 우리는 그게 무얼 말하는지 알아보게 될 것이다.

당 신 의 눈 동 자 가
말 해 주 는 것

씨 피버

영화가 세상의 창이며 거울이라는 말이 실감날 때가 있다. 마치 우리에게 일어날 일을 예언하며 경고하듯 재난상황을 연출하는 영화를 볼 때가 그렇다. 그런 영화는 우리의 불안을 자극해 공포심을 최고조로 끌어올렸다가 안심이 되는 결말로 해소시켜주곤 한다. '저런 일이 진짜로 일어난다면 어떡하지?' 하는 마음 한편으로 '누군가 잘 알아서 대비해주겠지' 하는 게으른 심정적 떠넘기기로 이어지며, 잠시나마 불안과 공포에 떨게 한 문제 따위는 극장 문을 나서기가 무섭게 잊어버린다. 예견되는 파국을 스크린을 통해 경험하는 것은 물론 묵직한 생각거리를 제공한다.

마법사의 수정구슬처럼

◇◇◇◇

공동체의 이익을 위해 자신을 희생하여 감동을 안기는 흔하디흔한 서사는 일정정도의 감동과 전율을 보장하는 가운데 충분히 일어날 수 있는 비극의 전조를 애써 눈감아온 우리 안의 문제를 환기시킨다. 그러나 언젠가 올지도 모를 그 재난이 지금 당장은 아니라는 것, 게다가 나와 무관한데다 관련이 있다 한들 내가 어쩌지 못한다는 이유로 쉽게 잊어버리기 일쑤였다. 그러나 이번엔 사정이 달랐다. 2019년에 제작된 영화 〈씨 피버Sea Fever〉(2019)가 2020년 5월 우리나라 극장에 소개되는데 이 영화 속에서 벌어진, 감염병으로 인한 심각한 재난은 지금 우리가 겪고 있는 것과 다르지 않아 몰입의 강도가 매우 세다.

지상에서 펼쳐지고 있는 코로나19의 확산과 그로 인한 혼란이 바다 위 한 어선에서 펼쳐진다. 정체를 알 수 없는 괴생명체가 배에 접근하여 자신의 체액을 어선으로 침투시킨다. 그 미끄덩한 액체 속에는 올챙이처럼 생긴 미생물들이 꿈틀거린다. 이 생명체는 자기증식하며 숙주에게 파고든다. 감염자는 열병 증세를 보이다 수일 내로 목숨을 잃는다.

'배에 여자가 타면'이라는 속설

◇◇◇◇◇

주인공 시본이 트롤어선을 탄 것은 실습을 위해서였다. 해양동물의 행동 패턴을 연구하는 박사과정생 시본은 프레야 선장이 이끄는 니브 킨 오이르 호에 탑승하게 되는데 남자 동료들의 조언에 따라 모자를 썼다. '빨간 머리 여자가 탄 배는 재수가 없다'는 속설 때문이다. 선장 프레야도, 갑판장 고모도 '배에 여자가 타면 재수가 없다'는 속설에는 부단히 맞서왔지만 '빨간 머리 여자'라는 보다 특정된 대상을 타겟으로 한 속설에는 과하게 의미를 부여하는 모습을 보여준다. 어쨌든 배가 닻을 올리고 기나긴 여정이 시작되며 여선장과 여학자와 여갑판장은 사뭇 우호적인 분위기를 형성하나 위기가 닥치자 갈등이 첨예해진다. 고모는 '내 가족'을 잃을 수 없었고, 프레야는 '내 배'를 포기할 수 없다. 하지만 시본은 배 전체를 감전시켜 괴생명체가 배에서 떨어져나가게 해야 한다고 주장했고, 감염되지 않은 게 확실해지기 전에는(잠복기는 30시간) 아무도 배에서 내릴 수 없다고 했다. 급기야 시본은 배의 엔진을 고장

냈다.

"여자는 태우는 게 아닌데."

"빨간 머리는 재수 없어."

소수에 대한 혐오와 차별은 집단적 공포 속에서 발작적으로 강화된다. 코로나19 사태를 겪으며 충분히 경험한 사실이다.

금지된 구역에서

◇◇◇◇

배가 괴생명체에게 포위된 위치는 공교롭게도 제한구역에서였다. 이번에는 꼭 만선을 해야 한다는 욕심에 물고기떼를 따라서 제한구역까지 와버린 것이다. 육지로도, 지나가는 어선에도 도움을 구할 수가 없었다. 벌금은 무서우니까. 제한구역에 이른 것을 비밀로 하는 대신 다른 배와 수익을 나누게 되는 상황도 싫다. 그런데 그들 근처에 모습을 드러낸 배에서 아무 반응이 없었다. 그들도 마찬가지였으리라. 같은 이유로 육지로 도움을 청하지 못했다. 처음 경험하는 괴생명체의 독특한 접촉방식과 눈에 보이지 않지만 치명적인 공격에 속수무책으로 당했다. 몇 안되는 동료들은 서로를 돕지도 못했고, 다른 어선에 도움이 될 조언 한 줄조차 남기지 못했다. 배운 적도 경험한 적도 없고, 참고할 그 어떤 자료도 없는 낯선 위기 상황에서 인간은 어떻게 살아남을 수 있을까.

시본이 이 배에 탄 것 자체가 속설 그대로 '재수없는 일'이었을지 모른다. 그러나 항구와 육지의 입장에서 보면 그녀가 감염원의 확산을 막았으니 '천만다행한 일'이 된다. 그녀에게는 괴미생물의 존재를 발견할 현미경이 있었고, 해양 동물의 특성과 행동 패턴에 대한 과학적 지식이 있었고, 집단 공황 상태에서도 이성적 사고를 논리적으로 전개해나갈 수 있는 침착한 지성이 있었다. 감염 유무를 진단하는 법도 그녀가 알아낸 것이었다. 감염으로 인한 피해가 분명해지는 가운데 배도, 잡은 고기도, 남은 동료도 포기하지 못하고 모든 것에 집착하던 선장 프레야는 항해사 제라르가 감염된 것이 밝혀지자 그의 자살을 도와준 후 모든 걸 포기하고 동료들을 남겨둔 채 혼자 배를 떠난다. 시본은 마지막까지 자신의 할 일을 한다. 자신이 감염되자 공동체의 안전을 위한 희생을 선택한다.

바다 같은 눈동자

눈에 보이지 않지만 끔찍하게 증식하며 숙주를 파괴하는, 정체를 알 수 없는 미생물. 그것에 공격받은 상태인지 아닌지를 판단하는 시본의 진단법은 눈동자를 들여다보는 것이었다. 그의 눈동자를 통해 그에게 다가올 비극을 예견하다니 그 뻔한 상상력이 참으로 의미심장하게 다가왔다. 우리는 눈으로 본 것을 믿지만, 때론 눈으로 보고도 믿지 못하며, 종종 우리의 눈을 믿을 수 없는 상황에 이른다. 우리의 눈은 바다처럼 심오하고 변덕스러우며 바이러스 같은 미세한 물질의 공격에 취약하다.

영화 속, 감염된 자의 눈동자에는 무언가가 있었다. 자, 이제 당신의 눈동자를 들여다보라. 내가 나 자신뿐만 아니라 타인을 위험에 빠뜨리는 위험한 존재일 수 있음을 인정할 수 있는가. 당신이 사랑하는 사람의 눈동자를 들여다보라. 바다와 같은 염도와 깊이와 반짝임을 간직한 그 눈동자 속에 무엇이 일렁이고 있는지를 들여다보라.

바 다 는

상 처 를 핥 는
고 양 이 처 럼

애월

제주시의 서쪽이라고 했다. 제주공항에서 차로 출발하면 해안선을 따라 오른쪽으로 가야 한다. 공항에서 가까운데 연세로 100만 원이면 살만한 집을 얻을 수 있다고 했다. 몇 년 전에 남편과 사별하고 아들과 둘이 사는 여인이 했던 말이다. 그녀는 거기에 집을 얻어 제주살이를 시작할 거라고 했다. 제주 바닷가에는 낭떠러지가 많은데, 거기 서면 답답했던 가슴이 뻥 뚫릴 것 같다고 했다. 그런데 웬걸, 한동안은 바닷가 낭떠러지 근처를 서성일 짬도 없이 바쓰기만 했단다. 아이를 돌보는 엄마의 생활이란 제주에서도 좀처럼 여유를 찾기가 어려운 거겠지. 문득 그녀 소식이 궁금해진다. 아직도 거기 살고 있을까 궁금해졌다. 영화 〈애월〉(2019)의 개봉 소식이 들려온 참이었다.

애월로 간 그녀

◇◇◇◇

영화 속의 그녀, 소월이 사는 집이 연세 100만 원짜리라고 했다. 돌담에 둘러싸인 작은 집이었다. 그곳에 친구 철이가 왔다. 그는 소월의 애인이었던 수현의 가장 친한 친구이자 대학 동기다. 수현은 몇 년 전 혼자 여행을 갔다가 사고를 당해 세상을 떠났다. 사고 전 그는 애월의 한 카페에서 두 통의 편지를 썼다. 카페에는 원하는 날짜에 편지를 보내준다는 주인장의 약속이 적혀 있는 특별한 우체통이 있었다. 수현이 그 우체통에 넣은 편지 중 한 통은 서울로 돌아가는 날짜에 맞춰 사랑하는 소월에게로 보내졌고, 다른 한 통은 베스트 프렌드 철이에게 3년 뒤에 보내질 것이었다. 소월에게 보낸 편지에는 미래에 대한 약속이 담겨 있었다. 철이에게 보낸 편지에는 셋이 같이 애월로 여행을 오자는 제안이 담겨 있었다. 소월은 수현의 편지를 받자마자 애월로 와서 수현의 마지막을 함께

했던 사람들의 이웃이 되었다. 3년 뒤에는 철이가 합류했다. 수현이 셋이 함께 보자고 했던 애월의 밤바다와 밝은 달을 소월과 철이 둘이 보게 된다. 둘이었지만 외로웠다. 사연을 모르는 사람들이 보면 소월과 철이는 잘 어울리는 커플이다. 한 집에서 여러 날을 함께 지내고 있지만 애월의 이웃들은 두 사람을 두고 불순한 의심을 하지 않는다. 둘 사이에 수현이 있다는 걸 알기 때문이다. 수현은 수년 전 죽었지만, 여전히 둘을 엮어주고 또 갈라놓는 존재였다. 여러 해가 지나도록 떨쳐내지 못한 슬픔이었다. 더는 앞으로 나아가지 못하고 서성이는 맥빠진 청춘의 사소한 평계에 지나지 않는다고 어떤 이는 말할지도 모른다.

제주에 왜 왔어요?

◇◇◇◇◇

철이는 뮤지션이다. 밴드에서 기타를 치고 가끔 노래도 한다. 제주행 비행기를 탄 건 밴드의 활동 근거지가 없어져 해체 위기에 처하게 되었을 때였다. 사귀던 여자친구와의 관계도 피곤하게 느껴져 무작정 피하고 싶기도 했다. 제주에는 소월이 있었고, 언제든 오라고도 했고. 그런데 알다시피 그건 표면적인 이유일 뿐이다. 소월은 수현이 편지를 썼던 그 카페에서 아르바이트를 하면서 몇 년째 애월에 살고 있다. 철이는 소월에게 화를 낸다.

"언제까지 이렇게 살 건데? 너도 이제 네 인생 살아."

그는 자신에게 화를 내듯 소월에게 화를 낸다. 애인이 마지막을 보낸 곳이라고는 하지만 아무 추억이 없는 그곳에서 소월은 하루하루 바다를 바라보며 살고 있다. 죽은 친구가 함께 오자고 한 곳이지만 친구는 없는 그곳을 철이도 쉽사리 떠나지 못한다. 소월은 철이에게 그만 돌아가라고 날마다 재촉하지만 사실 그건 진심이 아닌 걸 자신도 모르고 있다. 철이가 여행을 떠나겠다며 오토바이를 몰고 온 날 밤, 소월은 철이 몰래 오토바이 열쇠를 감춰버린다. 철이는 소월이 열쇠를 감춘 걸 눈치 채지만 다음 날 아침 일찍, 소월의 집을 떠난다. 오토바이는 남겨둔 채로, 걸어서 간다. 자신이 떠나는 걸 원하지 않는 여자의 마음을 확인하고 떠나는 남자. 참 고약하다 싶으면서도 짐짓 상쾌해지는 장면이다. 친구인지 연인인지 경계가 불분명해지는, 아슬아슬하게 출렁이는 감정의 멀미를 그 이상 산뜻하게 물리칠 수는 없을 것 같다. 애월이라는 장소에 멈추어 흥건하게 풀어헤쳐진 청춘의 상처와 고민들이 철이가 뚜벅뚜벅 걸어가는 길 위로 점점이 흩어져갔다. 그렇게 제주 곳곳을 실컷 떠돌아다니던 철이가 며칠 만에 소월에게로 돌아왔다. 둘은 다시 허물없는 친구의 모습이 되어 함께 저녁을 먹는다.

바다는 상처를 핥는 고양이처럼

◇◇◇◇◇

애월의 바닷가에서 통화를 하면 저편의 상대방에게도 파도소리가 들린다. 그 파도가 일으키는 바람은 우표가 필요 없는 편지와 같다. 거기에 간 사람의 마음이 절로 읽힌다. 애월의 사람들은 그 바람 위에다 읽을 수 없는 편지를 쓴다. 아무리 써도 흔적이 남지 않아 아무도 읽을 수는 편지이지만 파도가 일으키는 바람에만 실어 보낼 수 있는 사연은 얼마든지 있는 법. 상처 입은 사람이 여행하는 방식은 다를 수 있다. 바람을 일으키며 방랑할 수도 있지만 한자리에 멈추어 오는 바람에게 모든 걸 내맡기는 편을 택할 수도 있다.

낭떠러지 앞에 서 있는 사람에게 용기를 주는 건 말없이 곁에 있어주는 사람이다. 바다가 앗아간 것을 되찾을 수는 없지만 철이는 자신이 할 수 있는 것을 한다. 물고기를 잡으러 가고 푸른 등대를 찾는다. 소월이 썼던 시나리오 속에 등장하는 푸른 등대는 세상 어디에도 없는 것이지만 철이는 근처의 등대에다 파란 페인트를 칠해보는 것까지는 시도해본다. 지금 내 앞에 있는 사람을 위해 지금 당장 할 수 있는 것을 놓치지 않는 지혜는 그렇게 무용하게 흘려보내는 시간 속에서만 건져지는 것인지도 모른다.

상실과 슬픔의 늪에 오래 빠져 있는 이에겐 손을 잡아 끌어줄 사람이 아니라 그저 곁에 있어줄 친구가 필요하다. 눈물이 말라버린 후에도 울음을 그칠 수 없는 사람에게는 바다만큼 위로가 되는 친구도 없다. 바다는 마르지 않는 눈물이 되어주고 그치지 않는 울음이 되어준다. 깊은 숨을 끝임 없이 토해내며 인간의 한숨을 지워버린다.

낭떠러지와 파도와 등대가 있는 애월의 사람들. 그들은 서로에게 낭떠러지가 되고 파도가 되고 등대가 된다. 서로의 상처를 알아보고 곁에 있어주는 친구가 된다. 내가 알던 그녀도 그런 사람들 곁에서 지내고 있을까. 애월 사람들과 철이는 통성명은 안 했어도 헤어지기 전엔 항상 고개 숙여 인사했다. 그 사람 마음속에 있는 슬픔에게 인사하듯, 소월의 아픔을 안아준 그 손길에 감사를 표하듯, 따뜻하고도 묵직한 인사를 했다. 내가 알던 그녀의 이웃에게도 그런 인사를 전하고 싶다. 그녀의 아픔을 돌봐줘서 고맙습니다, 하고.

자 신 의 자 리 에 서

조 용 히 스 러 짐 을
택 할 수 있 는 용 기

피아니스트의 전설

미국으로 가는 이민선 버지니아호의 갑판은 철저히 둘로 나뉘어
있었다. 산 정상에서나 바다 위에서나 느지막한 오후에는 반드시
티 테이블에서 차를 마셔야만 하는 고상한 유럽 부르주아들이 차
지한 한산한 갑판과 옹기종기 모여 앉아 고픈 배를 움켜쥐고 바닷
바람과 햇살을 양식 삼는 가난한 노동자들의 자리……. 이들이 한
배에 타고 있는 승객이라는 사실이 믿기지 않을 만큼 구분이 확연
하다. 승선티켓의 가격에 따라 나뉘어졌을 이 확고한 벽은 배에서

내린 후에도 좀처럼 사라지지 않을 것이다. 이민선의 갑판 아래에는 더욱 견고한 벽이 존재했다. 몇 년 만 고생하면 벗어날 수 있으리라 믿었을 숨 막히는 노동의 현장. 하지만 그곳에서 벗어나기란 거기서 죽기보다 더 어려웠다.

무엇을 찾아서 떠나든

◇◇◇◇

영화 〈피아니스트의 전설The Legend Of 1900〉(1998)의 주인공은 이민선 안에 있는 무도회장에서 처음 등장해 이민선의 맨 아래 칸, 기관실에서 석탄 먼지를 마시며 자라난다. 피아노 위에 놓인 바구니 속에서 방긋 웃고 있던 아기는 어째서 부자 승객이 아니라 기관실의 흑인 노동자에게 발견된 것일까.

모르긴 해도 그의 부모가 기대한 것과는 전혀 다를 것이 분명한 인생이 펼쳐지는 참이었다. 그에게 붙여진 이름은 나인틴 헌드레드. 이름이 '1900년대'라니 의미심장하다. 많은 사람들이 새로운 삶을 꿈꾸며 자신의 뿌리를 뽑아 유랑의 길을 떠나던 시대. 하지만 어디로 간다 해도, 그 누구라 해도 자기 자신을 벗어날 길은 없었다. 반대로 떠나지 않고 한자리에 머물러 있는 사람이라 해도 시대의 물결을 피할 길 역시 없었다.

나인틴 헌드레드

◇◇◇◇◇

나인틴 헌드레드는 바다 위에서 태어났고, 바다 위에서 살았다. 엄마라는 말이 무얼 의미하는지도 몰랐다. 그를 발견한 이가 기관실에 매달아놓은 아기바구니에 들어가 있기엔 컸지만 아직 몸집이작은 소년은 배 안 여기저기를 돌아다니다가 커다란 유리창 뒤에어른거리는 낯선 세계를 만나게 된다. 그곳엔 잘 차려입은 부자들이 있었고, 음악이 있었다. 피아노 의자에 앉으면 발이 바닥에 닿지도 않는 이 어린 소년이 피아노를 치기 시작하면 배 안에 사람들이 모여들어 어느새 무도회장은 사람들로 가득찼다. 깃이 달린 모자를 쓴 귀족부인과 거드름피우는 신사들, 청소부와 요리사, 조타실의 선장도 그의 연주에 이끌려 달려왔다. 그의 음악은 아무도 소외시키지 않았다. 음악의 역사에서 20세기 초가 그토록 찬란했던이유를 여기서 본다. 음악은 연주되어 사람들의 귀로 스며드는 동시에 사라진다. 붙잡고 싶지만 붙잡을 수 없는 순간 속에 사람들은세상사 모든 걸 잊고 인간만이 느끼는 감동의 심연 속에서 서로 평등하게 함께 존재한다. 녹음 기술은 아직 조악했을 뿐더러 연주자들은 자신의 음악이 복제되어 퍼진다는 것에 두려움을 가졌다. 음악가들은 자신을 불러주는 곳을 향해 가능한대로 많은 여행을 했다. 하지만 나인틴 헌드레드는 그럴 필요가 없었다. 그가 사는 곳, 대서양을 가로지르는 배로 늘 새로운 사람들이 왔기 때문이다. 그 곳이 온 세상이며, 작은 지구인 것이다. 승객이 던져주는 멜로디한 소절, 리듬 반 마디면 그는 세상의 모든 음악을 피아노로 재생해냈다. 그의 재능은 이민선 안의 모든 사람들에게 기쁨과 위안을 주었다. 그러나 누군가 "미국이다!"라고 외치면, 그를 에워싸고 있던 사람들이 순식간에 뿔뿔이 흩어져버렸다. 희망의 대륙을 목전에 둔 사람들은 음악이 주는 따듯한 유대감에서 금세 발을 떼고 뛰쳐나가 각자의 욕망과 환상 속으로 사라졌다. 그런 풍요와 허무 속에서 한 세월을 다 보냈다. 세계 최고의 연주자들이 그와 협연을 했고, 재즈의 왕이라 불리는 이와 세기적인 피아노 대결을 펼쳐 언론의 주목도 받았다. 사람들은 물었다. 왜 배에서 내리지 않느냐고. 나가면 돈도 많이 벌고 예쁜 아내를 얻어 단란한 가정도 꾸릴수 있을 텐데. 나인틴 헌드레드는 무표정한 얼굴로 말한다.

"육지 사람들은 궁금한 게 너무도 많지. 결국 알아내지도 못할걸. 난 그런 짓 안 해."

그의 말대로, 사람들은 어디로 가고 누구를 만나도 결국 알아내지 못할 궁금한 그 무엇을 품고 세상을 떠돌아다닌다. 그게 뭘까? 어쩌면 우리는 각자 무얼 찾고자 하는지조차 알지 못하면서 무작정 이리저리 방황하며 살아가고 있다. 같은 항로를 무수히 반복하는 배 위에서 태어나 단 한번도 그곳을 벗어난 적이 없는 나인틴 헌드레드. 그는 잡을 수 없는 것을 잡으러 떠나는 모험을 감행하지 않는다. 그런 그조차도 단 한번 흔들린 때가 있었다. 그 무엇에도 흔들리지 않을 것 같은 얼굴을 한 초로의 사나이가 들려준 비밀이 그를 흔들었다. 인생을 바꾸고 새 출발을 하게 된 어떤 결정적인 순간의 이야기다. 그도 언젠가 그런 순간을 맞이하게 될 거라는 막연한 예감으로 그의 눈동자는 흔들리고 있었다.

그리고 그녀가 나타났다

◇◇◇◇◇

배에서 살고 있는 불세출의 피아니스트 나인틴 헌드레드를 이용해 돈을 벌려는 음반업자가 찾아왔다. 그는 피아노를 연주하고, 녹음기가 돌아갔다. 조그마한 유리창을 통해 한 여인이 그의 녹음실을 들여다본다. 그 무구한 얼굴에서 눈을 떼지 못하는 나인틴 헌트레드. 그녀의 움직임을 따라, 그녀를 바라보는 자신의 감정선을 따라 세상 어디에도 없던 음악이 연주된다. 창밖의 여인이 사라지고, 그의 연주도 끝이 났다. 음반업자는 브라보를 외치며 곧 세계 곳곳에 이 음악을 배급할 거라고 들뜬 목소리로 말했지만, 나인틴 헌드레드는 그럴 수는 없다며 녹음된 음반을 가로챘다. 그것은 그녀와 함께 만든 것이므로 그녀에게 주어야 한다고 생각한 것이다. 나인틴 헌드레드는 언젠가 한 노인이 말했던 '인생을 바꿀 어떤 결정적 순간'이 자신에게도 찾아왔다는 걸 느꼈다. 그래서 배 안의 모두와 작별인사를 하고, 드디어 배에서 육지로 내려가는 계단을 내려간다. 그런데 계단 중간쯤에서 별안간 발걸음을 멈추더니 도시를 바라보며 생각에 잠긴다. 그러다 그는 문득 모자를 벗어서 날려버리고 가볍게 몸을 돌려 계단을 다시 올라갔다. 배로 돌아간 것이다. 이후로도 그는 배에서 내리지 않았다. 수명을 다한 이민선에 다이너마이트가 설치되고, 마침내 바다위에서 폭파되는 순간까지도 배를 떠나지 않았다. 출생신고조차 되지 않은 채, 아무 서류 없이 살았던 그였지만 수많은 사람들의 여정 속에 기쁨과 위안으로 크게 존재했던 그 사람은 자신이 살았던 시대와 함께 장렬히 사라지기로 결정한다.

사람은 각자 자신만의 공간과 시간을 살며, 그 세계를 파고드는 시대의 변화를 소화하지 못한 채 고래고래 고함치거나 싸우기도 하면서 안달복달 살아간다. 나에게서, 또 주변 사람들에게서 그런 모습을 볼 때마다 나인틴 헌드레드를 떠올린다. 자신의 재능을 아낌없이 나눠주고, 인생에 단 한번 찾아오는 결정적인 순간에도 차분히 자기깜냥을 헤아릴 줄 알며, 조용히 포기하고 말없이 돌아서서 순순히 종말을 받아들이는 고요한 단호함을 가진 어떤 인간. 그런 사람이 어딘가에 존재했다고 생각하면 마음속에서 미소가 일어난다. 자신이 존재한 세계, 그 너머로 가기를 거절하고 자신의 자리에서 조용히 스러짐을 택할 수 있는 용기, 자신의 시대가 져버렸다는 것을 순순히 인정하는 그런 미덕을 영화가 아닌 현실에서, 21세기의 사람들에게서 기대한다는 것은 여전히 무리인 걸까. 자신의 선 자리가 온 세계이자 동시에 아무것도 아니라는 것을 아는 사람을 만나는 것은 아직도 꿈인 걸까.

마 음 껏 ,   자 유 롭 게 ,

너   자 신 의

행 복 을   추 구 하 라

투 라이프

신문에 사람 찾는 광고를 내러 가는 여인. 어언 15년째 같은 광고를 신문에 내왔다. 그녀가 찾는 사람은 아우슈비츠에서 서로를 의지했던 친구, 릴리다. 엘렌에게 릴리는 생명의 은인과 같다. 릴리가 아니었다면 거기서 빠져나오지 못했을 것이다. 진짜 다시 만날수 있다는 희망이 있었다기보다는 이렇게 십 수 년을 잊지 않고 계속 찾고 있다는 사실 자체가 위안이 되었던 건지도 모른다. 15년만에 연락이 닿은 릴리. 그녀를 실제로 만나기 전, 엘렌의 얼굴이 긴장으로 굳는다. 가슴속에서 일어나는 알 수 없는 두려움에 사로잡힌 얼굴이다. 자신의 지난 15년이 의식조차 희미한 자신을 끌고 그 힘겨운 탈출을 해낸 릴리에게 부끄럽지 않은 삶이었을까 새삼 돌아보게 된 건지도 모른다.

세 친구의 여름휴가, 베르크 해변

◇◇◇◇◇

릴리와 만나는 순간, 그 두려움을 싹 달아나게 만든 얼굴이 나타났다. 로즈다. 수용소에서 빠져나오지 못하고 죽은 줄로만 알았던 친구다. 죽음 같은 시간을 함께 건넌 친구를 다시 만나기까지 무척 오랜 세월이 흘러간 것 같은데 친구들의 얼굴을 마주하고 보니, 그 세월이 마치 며칠간의 휴가처럼 느껴졌다.

세 친구의 마음은 순식간에 15년 전으로 돌아갔지만 서로의 거리가 피부로 느껴졌다. 릴리는 암스테르담에, 로즈는 몬트리올에 살고 있었고 릴리가 로즈와 연락해 함께 프랑스로 엘렌을 만나러 왔다. 세 친구들은 베르크 해변 버스정류장에서 만났다. 왜 하필 여름, 그것도 바닷가였을까. 이 여인들이 바란 건 대단한 것이 아니다. 수평선이 보이는 바닷가, 드넓은 하늘 아래 휴가를 즐기는 자유로운 사람들 속에 평범한 행락객으로 자연스럽게 섞여드는 것. 그리고 오랜만에 친구들을 만나 사는 이야기 한번 시원하게 쏟아내는 것. 그러나 세 친구 모두에게 이 소박한 꿈은 사실 대단한 사건이자 모험이었다.

각자의 감옥으로 들어가다

◇◇◇◇◇

유대인이었다. 2차 세계대전 중이었다. 아우슈비츠에 끌려갔지만 릴리에게 의지하며 힘든 시간을 견뎠고, 마침내 탈출했다. 그러나 15년 뒤 세 친구가 서로를 바라보며 깨닫는 것은, 그때 그곳에서 아무리 먼 곳으로 떠나가도 그 시절에서 아주 벗어날 수는 없었다는 사실이었다. 로즈는 물건에 집착한다. 이미 갖고 있는 물건을 사고 또 사도 불안하고, 아무리 가진 것이 많아도 늘 부족한 것만 같아 불평이 많다. 남편과 아이들을 사랑하면서도 온전히 사랑을 표현하지 못한다. 엘렌은 지금도 누군가를 돌보는 역할로 살고 있다. 자신이 사랑하는 사람을 찾기보다는 자신을 필요로 하는 사람 곁에 있는 것을 택했다. 다른 사람을 보살피며 사는 것이 마음 편했다. 수용소 시절과 다름없이 살고 있는 친구들을 보며, 릴리는 자신 있게 말한다. 자기는 수용소에서처럼 살지 않았다고. 하지만 릴리 역시 그때나 지금이나 달라지지 않았다. 어떤 현실에도 굴복하지 않는 강인함을 지닌 그녀는 최초의 여성 랍비가 되겠다는 꿈을 포기하지 않았다. 수용소 시절에 '반드시 살아서 나가겠다고, 너희를 포기하지 않겠다'고 했던 것처럼.

해변의 세 여인

◇◇◇◇◇

세 친구는 아이스크림을 먹으면서 지나가는 사람들을 쳐다보고, 수영복을 같이 고르고, 지난 세월을 이야기하다 예민해져서 다투기도 한다. 수평선이 저 멀리 펼쳐져 있고 수영복도 멋지게 입었지만 이들은 바다에 뛰어들지 못한다. 지난 15년도 새로운 삶에 풍덩 빠져들지 못한 채로 엉거주춤 지내온 세월이었다. 너무도 강렬했던 과거가 발목을 잡고 있기 때문이었을까? 세 친구는 매순간 서로에게서 과거의 그늘을 느낀다. 말 한마디 행동 하나하나가 날카롭게 서로의 신경을 자극한다. 세 친구가 함께한 가장 평화로운 시간은 해질무렵의 해변을 천천히 걸어갈 때였다. 서로에게 거울이고, 오래 기대온 나무 같은 친구들 셋이 나란히 해변을 걷고, 석양을 바라보며 함께 노래도 부른다. 우리는 알아들을 수 없지만, 그들에겐 온몸과 영혼에 피를 돌게 하는 노래, 유대인 자장가다. 세 친구 사이에는 말하지 않아도 서로의 마음을 읽을 수 있는 공감

대와, 언제든 함께 부를 수 있는 노래가 넘쳐흘렀다. 그런 친구들과 함께라면 그 어떤 일도 두렵지가 않으리라. 게다가 이들처럼 격렬한 경험을 가진 사람들은 평화를 오래 견디지 못한다. 낯선 타인을 끌어들여 기어이 문제 상황을 만들고 만다. 세 친구 사이에 새로운 사람이 끼어들면 얼마 지나지 않아 결국 아우슈비츠 이야기를 하게 된다. 그녀들의 인생은 수용소 시절을 빼놓고는 그 무엇도 제대로 설명되지 않기 때문이다.

"세 분은 어떻게 만난 사이죠?"

이 질문이 따뜻한 저녁 식사자리에 찬물을 끼얹는다. 재밌는 것은 자신들의 트라우마가 드러나는 순간을 괴로워하면서도 후련해한다는 것이다. 감정을 수습한다는 게 쉽지 않은 일인데, 그녀들은 그걸 해낸다.

관계의 시작을 설명하기가 고통스러운 사람들이 있다는 걸 이해하고 배려해주는 사람들은 매우 드물지만 그렇다고 그런 일이 있을 때마다 황당해하는 표정을 지으며 살아갈 수는 없다. 스스로를 가둬둔 감옥에서 직접 빠져나오지 않으면 안 된다. 수용소 친구들과 15년만의 재회에서 서로의 모습을 거울을 보듯 바라보며 깨닫는 것은 이런 것이다. 과거를 놓아주지 않으면 현재에도 미래에도 행복할 수 없다는 것.

너 자신의 행복을 추구하라

◇◇◇◇

휴가의 끝 무렵, 릴리가 무심히 들려주는 고백이 있다.

"널 데리고 가려고 그 아이 신발을 벗겼어."

다른 친구를 살리기 위해 죽어가는 친구의 신발을 벗겨내어야 했던 사연. 죽어가는 친구의 눈동자에 마지막으로 비친 자신의 모습이 신발을 훔치는 모습이었다는 그 기억은 릴리에게 떨쳐내기 힘든 상처로 남았을 것이다. 그런데 그 이야기를 15년이 지난 지금, 굳이 해주는 이유가 무엇이었을까. 친구에게 마음의 짐을 더 해주려고? 아니면 비밀로 남겨두는 것이 공평하지 않다고 생각해서? 어쩌면 "나도 많이 힘들었다"는 걸 알아달라는 것일 수도 있고, 동시에 "지금은 괜찮다"는 선언으로 읽을 수도 있겠다. 나는 릴리의 고백을 이렇게 해석하고 싶다.

"널 살리려고 다른 친구를 배반한 것이 아니라, 그 친구는 가능성이 없었고 너에게는 가능성이 있었기 때문이야. 우리 이제 그만 서로에 대한 마음의 짐을 벗어버리자. 보이지 않는 의무감과 의미 없는 죄책감은 벗어버리고 네 행복을 꼭 찾으렴. 나도 그럴게."

세 친구는 헤어지기 전에 기념사진을 한 장 찍고 버스에 올랐다. 그녀들은 매년 이곳에서 여름휴가를 함께 보내기로 맹세했다.

베르크 해변에서 세 친구가 함께하는 여름휴가는 30년이 넘게 계속되었다.

영화 〈투 라이프A la vie, To Life〉(2014)는 실제 있었던 일이다. 당신이 여름휴가를 보내는 바닷가에서도 과거라는 감옥에서 나오지 못한 친구와 가족이 있을지 모른다. 그들을 자유롭게 해주면서 나도 해방되는 이야기, 그들을 바라보면서 나를 비춰보는 시간. 쉽지 않겠지만 시도해볼 가치가 있지 않을까.

바 다 는

모 든   걸

받 아 들 인 다

초이스

요트를 몰고 신나게 바람을 가르는 남자, 트래비스의 심각한 표정 아래로 상념에 젖은 남자의 독백이 깔린다.

"대수롭지 않은 결정, 남은 인생의 모든 순간이 그 결정에 달려 있다."

그는 지금 어떤 선택을 한 걸까? 그 선택은 잘한 걸까, 잘못한 걸까? 그 선택이 옳았다고 생각하는 걸까, 아니면 틀렸다고 후회하는 중인가? 영화 〈초이스The Choice〉(2016)를 보며 알쏭달쏭해하는 사이 카메라는 움직여 병원 문을 열고 들어가는 남자의 뒷모습을 비춘다. 빗길의 교통사고로 코마 상태에 빠진 개비. 사랑스런 아내, 세 아이의 엄마, 성실한 의사인 그녀가 여러 달이 지나도록 깨어나지 않고 있다. 담당의는 그녀를 포기해야 할 여러 가지 근거를 댔다. 연명치료를 받지 않겠다는 내용의 서류에 자필 서명을 했고, 자가 호흡을 못하는 코마 상태로 90일 이상 깨어나지 않은 환자가 회복될 가능성은 1퍼센트 미만이며, 무엇보다 그녀 자신이 힘들 거라고 했다. 선택은 그에게 달려 있었다. 개비의 부모님도, 트래비스의 아버지도 그 힘겨운 선택을 트레비스에게 맡겼다. 모두들 개비가 돌아올 가망이 없다는 걸 받아들여야 한다는 듯했다.

해변을 향해 있는 하나의 의자

◇◇◇◇◇

개비는 노스캐롤라이나주의 바닷가 마을 라이츠빌에 사는 트래비스의 옆집에 이사온 의학도였다. 의사면허 시험을 앞두고 혼자 조용히 공부할 곳을 찾아온 개비는 트래비스네 집에서 벌어지는 왁자지껄한 파티며 시끄러운 음악에 신경이 쓰였다. 어느날 개비는 자신이 키우는 개가 임신한 걸 발견하고 발끈해서 트래비스에게 따지러 간다. 댁의 개가 우리 개를 꼬드겨서 임신시켰다고. 그렇게 말문을 튼 두 사람은 티격태격하면서 점차 서로를 알아간다.

개비의 호기심을 불러일으킨 건 사실 다른 데 있었다. 많은 친구들에 둘러싸인 매력적인 남자 트래비스. 그의 집 앞마당에는 그가 즐겨 앉아 있곤 하던 의자가 하나 있었다. 왜 하나일까? 남부 남자의 매력을 마스터한 트래비스. 애인도 있는 것 같은데 왜 마당에 의자가 하나뿐일까? 어쩌면 그것은 개비 자신도 좀처럼 설명할 수 없는 자기 마음과도 닮은 풍경이었다. 멀쩡한 약혼자가 있고, 분명한 미래도 있지만 왠지 모르게 아는 사람 하나 없는 곳에서 혼자만의 시간을 갖고 싶다는 마음 말이다. 청사진처럼 분명한 미래 말고 어딘가로 난 빈 틈을 비집고 샛길로 잠시 여행을 떠나고 싶었던 마음이었는지도 모른다. 그 마음과 비슷한 사람을 만나니 그의 외로운 의자 곁에 자신의 의자를 가져다놓고 싶어졌다. 트래비스도 그랬다. 그 누구도 허락하지 않았던 자신의 옆자리. 그녀라면 좋을 것 같았다.

그가 믿는 것, 그녀가 믿는 것

◇◇◇◇

"친구들과 가족, 그리고 나 자신. 믿을 수 있는 건 그것뿐이죠."

트래비스의 말이다.

"내가 믿는 건 달, 별 그리고 내가 나 자신보다 훨씬 더 거대한 무언가의 일부라는 것. 이해할 수도 통제할 수도 없는. 그것이 어디로부터 왔고 왜 이다지도 아름다운지 당신이 설명해준다면 잠들기 전에 기도하지 않아도 되겠죠."

개비의 말이다.

트래비스는 지금 이 순간 자신이 눈으로 보고 몸으로 느끼는 것만 믿는 사람이다. 절대적인 존재를 믿거나 운명이 정해져 있다는 사고방식을 견딜 수 없어 하는 사람이다. 어머니가 돌아가신 후 성경에 빠져 그 속에서 위안을 찾는 아버지를 트래비스는 이해하지 못한다. 아버지가 마음의 안식처로 삼고 있는 교회에는 근처에도 가지 않던 트래비스다. 반면 개비는 무언가 거대한 섭리가 있다고 굳게 믿는 사람이다. 정확히 알 수는 없지만, 어떤 절대적인 존재가 정해놓은 진리의 법칙에 따라서 자신의 삶도 진행돼가는 것이고 생각한다. 세계관이 이렇게 다르면 같은 상황도 다르게 해석하기 마련이어서 서로를 이해하기 어려워지고 무슨 일이든 합의점을 찾는 게 어려워진다. 그런데 그런 두 사람이 첫눈에 사랑에 빠져 서로를 받아들이고 삶을 함께하게 되는 기적이 펼쳐진다. 그게 억지스럽지 않게 보인 건 두 사람이 함께하는 시간의 배경에 처음부터 바다가 있었기 때문이다.

바다의 힘

∞∞∞

바다는 모든 걸 받아들인다. 북극의 빙하와 적도의 강줄기를 하나로 품는다. 개비와 트레비스, 완전히 다른 세계관을 가진 두 사람이 거칠게 만나 찬란하게 반하고 뜨겁게 다투며 차갑게 엇갈리는 모든 감정의 변화를 영화는 시시각각 달라지는 바다의 풍경으로 표현한다. 조금 전까지만 해도 햇살이 부서져내리던 바다에 이내 노을이 진다. 호수처럼 고요했던 바다에 거짓말처럼 사나운 폭풍우가 몰아쳐 모든 걸 폐허로 만들어놓기도 한다. 하지만 바다는 변함없이 바다일 뿐이다. 인생도 사랑도 바다 같은 것 아닐까. 모든 걸 품을 수 있고, 그 어떤 일도 일어날 수 있다. 혼자가 아닌 함께라면, 자신의 마음을 믿는다면 언제든, 바로 지금 이 순간에도 새로운 항해를 시작할 수 있다. 그것이 트래비스의 선택이었다. 트래비스는 다시 자신에게도 돌아올 개비를 간절히 원하는 자신의 마음을 믿기로 선택한다. 그리고 개비는 그에게로 돌아온다.

이 순간 이 책을 손에 든 당신의 삶에서도 그런 기적이 분명, 일어나리라고 믿는다. 당신이 선택하기만 한다면.

바 다 에 서

온   남 자 ,

바 다 로   돌 아 가 다

마틴 에덴

4K 해상도의 고화질 프로젝터를 집에서 즐긴다는 시절에 나온 신작이라기엔 화면의 질감이 특별하다. 이탈리아의 젊은 영화감독 피에트로 마르첼로의 〈마틴 에덴Martin Eden〉(2019). 이민선이 출발하는 풍경과 혁명의 거리를 담은 사진 이미지가 툭툭 튀어나와 마틴 에덴이라는 인물이 살았던 시대의 공기를 환기시킨다. 생활도 이상도 뿌리뽑히고 정처 없던 그 시절의 자료 화면이 이야기의 배경으로 녹아드는 이 영화의 질감은 신비로울 지경이다. 필름 카메

라로 찍은 듯한 느낌이지만 낡은 느낌은 전혀 나지 않는다. 과연
이태리 장인의 솜씨는 아무나 넘볼 수 없는 경지인 걸까 싶을 만큼
시네마 DNA(그런 게 있다면)의 남다름이 물씬 느껴진다.

말은 흩어지고 생은 재현된다

◇◇◇◇◇

주인공 마틴은 야심만만한 작가의 모습으로 화면에 처음 등장한
다. 타이프라이터를 치면서 자신의 독백을 녹음하고 있다. 오래된
필름 속에서 튀어나온 듯한 이 남자는 글로 세계와 대결하겠다는
자신의 야망에 불탄다. 타이프라이터, 축음기 그리고 필름. 이 세
가지 기록매체는 그가 살았던 시대를 말해준다. 그는 무엇을 쓰고,
말하고, 보여주고 싶었을까. 그가 맹렬하게 세계와 대적한 밤들은
이 세계를 얼마나 바꾸어놓았을까. 그가 쓰고 말하고 보여주려 했
던 것은 파도처럼 세상 여기저기로 흩어졌을 것이나, 세월이 흐른
뒤 어느 영화예술가가 야심에 찬 한 남자의 생을 재현했다.

마틴이 밤늦도록 책을 읽고 글을 쓰는 삶을 시작한 지는 얼마
되지 않았다. 그의 운명을 바꾼 사건은 어느 새벽에 부둣가에서 일
어났다. 낡은 배의 갑판에 쪼그려 잠을 자고 있던 그는 전날 밤의
숙취가 가시지도 않은 채로 새벽녘의 푸른 공기 속으로 불쑥 뛰쳐

나가 한 남자애를 괴롭히던 건달을 혼내준다(부잣집 남자애가 왜 그 시간에 부둣가에서 건달에게 붙들렸는지는 알 수 없다). 그 인연으로 그는 소년을 따라 낯선 세계로 초대받는다. 대문에서도 한참을 걸어들어가야 현관이 나오는 그 집으로, 부두노동자 마틴 에덴이 엉거주춤 들어설 때, 나도 같이 가슴이 뛰었다.

당신처럼 되고 싶어

◇◇◇◇◇

돈이 떨어지면 배를 타고, 주머니가 두둑해지면 동네 한량으로 건들거리며 다니다가, 다시 돈이 떨어지면 또 선원 자리를 알아보는 식으로, 그렇게 되는 대로 마틴은 살아왔다. 십 년 경력의 뱃사람이라지만 열한 살부터 배를 탔다니, 그는 이제 갓 스물이다. 거친 풍랑에 맞서고, 고된 뱃일을 감당하며, 이 항구 저 항구의 새로운 공기를 온몸으로 들이마시고 다닌 스무 살의 나폴리 남자 마틴 에덴. 아마도 지금이 최상의 컨디션일 테지. 일꾼으로서나, 남자로서나. 그의 훤칠한 외모는 항구의 아가씨들을 설레게 하기 충분했고, 쉬이 지치지 않는 근육은 부두의 노동자로 거친 세계를 살아가는 데 적합했을 것이다.

그런 그가 지금까지 한번도 경험한 적 없는 낯선 세계의 공기를 들이마신다. 조용하고, 우아하며, 예술과 지식으로 가득한 부르주아의 거실에 들어선 그는 충격을 받는다. 한편 그의 등장이 충격인 이도 있다. 마틴 에덴이 방문한 그 아름다운 저택의 아가씨, 스물세 살의 대학생 엘레나. 그녀는 마틴 같은 남자를 처음 대해본다. 소금기에 절은 땀내마저 신선한, 그 낯선 활력에 취할 것만 같다. 마틴은 자신을 피하거나 혐오하지 않고 일견 호감을 보이는 엘레나 덕분에 잔뜩 고무되었다. 마틴의 지성은 백지처럼 깨끗했으나 그의 두뇌는 결코 아둔하지 않아서 아주 짧은 시간에 그녀의 수준을 훌쩍 뛰어넘어버린다. 처음에 그는 엘레나처럼 생각하고, 느끼고, 말하고 싶다고 했다. 그녀 곁에 나란히 설 수 있는 남자가 되고 싶었던 것이다. 난생처음 느끼는 맹렬한 허기가 그를 장악했다. 지성의 세계를 보고, 배우고, 창조하는 사람이 되고 싶다는 욕망으로 그의 이마는 펄펄 끓었다. 그녀를 갖고 싶어서였다고는 하지만, 사실 그녀라는 이미지로 인해 촉발된 것일 뿐이었다. 다채로운 경험이 가득한 그의 내면은 책 속의 형이상학적인 지식을 빨아들이기 좋았고, 소화력이 왕성한 두뇌는 계통없이 투입되는 지식을 두서없이 꿀꺽꿀꺽 잘도 집어삼켜 그가 필요로 하는 영양분을 체계적으로 공급했다.

가다가 그만 갈 수는 없다

◇◇◇◇◇

그의 심경에 커다란 변화가 있을 때마다, 소리가 소거된 한 컷의 이미지가 그의 마음을 대변한다. 희망에 부푼 날엔 푸른 바다 위에 하얀 돛을 단 범선이 위풍당당한 모습으로 화면에 나타난다. 그가 좌절하고 낙담할 때는 범선은 처참하게 침몰한다. 유명한 작가가 된 그의 눈에, 엘레나에게서 책을 빌려가지고 바닷바람을 맞으며 부둣가를 걸어가는 자신이 환영처럼 보이기도 한다. 그의 모든 감각은 바다로 표현된다. 희망감은 순풍에 돛 단 배, 절망감은 난파 중인 배로, 그리고 모든 기억의 좌표에는 늘 바다가 배경으로 자리하고 있다.

마틴이 엘레나처럼 되고 싶다는 애초의 목표에 도달한 때는 언제였을까. 거기까지만 가서 멈추었으면 좋았을까. 자기도 모르게 예정된 코스를 훌쩍 뛰어넘은 뒤 돌아보며, 그게 너무 소박한 목표였다는 걸 알았고, 그때 그는 이미 불행했다. 앞으로 나아가는 물체에겐 관성이 있어서, 어느 지점에서 딱 멈출 수가 없다. 해안에 와서 부딪치는 파도가 금을 그어놓고 달려오지 않듯이, 그의 꿈 역시 그랬다. 그는 그가 생각한 것보다, 엘레나가 상상할 수 있는 것보다 훨씬 멀리 갔고, 도무지 돌아갈 좌표를 찾을 수 없었다.

가능성이나 희망, 도전과 같은 단어를 어색해하는 사람들이 있다. 그들에겐 대신 오르지 못할 나무는 쳐다보지도 말라는 말, 송충이는 솔잎을 먹고 살아야 한다는 말, '식자우환'이라는 말이 더 친숙하다. 많이 배워봤자 팔자만 꼬일 뿐이며 주제넘게 못 오를 나무를 넘보다가는 목뼈만 상한다는 식의 이야기를 여러 가지 버전으로 들으며 자라난다. 나 역시 그랬던 것 같다. 그럼에도 문자와 소리와 영상의 바다였던 20세기는 꿈꾸는 게 불가능한 계급에게 꿈을 심었다. 드라마 속 도시의 샐러리맨들, 노래 속의 연인들, 소설책 속의 사랑받는 청춘들에겐 뭔가가 있었다. 그들의 아름다움을 나도 갖고 싶었다. 20세기의 소년소녀들은 그 이미지의 환상을 붙들고 더 나은 삶을 추구해나갔고, 그 지렛대는 대개 교육이었다. 그러나 교육은 자기 계급을 배반하게 한다. 자기가 나고 자란 곳을 부끄러워하고, 그토록 다정했던 친구들을 서먹하게 만들며, 익숙했던 그곳으로 돌아가는 발걸음을 무겁게 만든다. 지구는 둥그니까 자꾸 걸어나가면 결국 출발한 지점으로 오게 되어 있다는데, 사람이 배워나가면 나갈수록 성공하면 할수록 알던 사람과의 거리는 점점 더 멀어진다. 마틴의 괴로움이 거기 있었다는 걸 안다. 그러나 그 모든 여정을 없던 것으로 만들 수는 없으리라. 자기가 속할 곳이 그 어디에도 없다는 것이 그의 절망이었다. 그러나 그는

오래 슬퍼하지 않았다. 그를 받아들여줄 바다는 언제나 그의 곁에
함께였으므로.

너무나 삶을 사랑했기에

자유로운 희망과 두려움으로

우리는 간단한 감사의 기도로

어떤 신에게라도 감사한다.

어떤 생명도 영원히 살지 않음을

죽은 자는 결코 다시 일어나지 않음을

아무리 지친 강이라도 우여곡절 끝에

바다에 안전하게 도달함을.

_스윈번 Algernon Charles Swinburne

한 발 짝

지 각 하 는

삶 에 관 하 여

걸어도 걸어도

은퇴한 의사 코헤이의 하루는 아침에 일어나 식전에 산책을 다녀

오는 것으로 시작된다.

"아빠, 편의점에서 저지방 우유 한 팩 사다주세요."

부엌에서 딸 치나미가 부탁하는 소리는 들은 척도 하지 않고

길을 나선다.

"한 번 의원은 영원한 의원이라는 거지."

아내 토시코는 남편에게 그런 부탁이 통할 리 없다는 걸 잘 안

다. 코헤이는 언덕빼기 마을에 있는 집에서 골목을 걸어나와 숲을 가로질러 큰 길까지 이어지는 계단을 한참 내려간다. 큰 길에 다다르자 그 길 건너 바다가 보인다. 해변으로 가려면 육교를 건너야 한다. 코헤이는 잠시 바다를 바라보다가 발길을 돌린다. 차마, 바다쪽으로 발길이 떨어지지 않아 길 건너편에서 발길을 돌린지, 어언 15년째다.

육교 앞에서 일단 멈춤

◇◇◇◇◇

바다에 가는 길이 자동차가 쌩쌩 달리는 이차선 도로로 가로막혀 있는 풍경은 낯설지 않다. '해안을 따라 조성된 드라이브 코스가 끝내준다'는 말은 항구도시의 흔한 선전 문구다. 이렇게 해변에 바짝 붙은 도로를 꼭 만들어야 했을까 한숨이 나올 정도로, 이전의 단아하던 풍경이 흐트러져버린 곳도 많다.

영화 〈걸어도 걸어도歩いても 歩いても, Still Walking〉(2008) 속 바다 가는 길의 풍경도 그렇다. 숲에서 바다로 이어지는 길을 아스팔트가 점령하고 있다. 코헤이가 아침 산책을 다니는 코스는 쾌적하고 호젓하다. 주민들이 깨끗하게 가꾼 골목과 여름의 숲길은 언제 걸어도 좋을 것 같다. 하지만 숲길이 끝나고 널따란 도로가 나오면

곧장 얼굴이 찌푸려진다. 한여름의 태양은 강렬하고, 그 빛을 바다의 물결이 반사해 눈이 부신다. 차들은 매연과 괴성을 내뿜으며 씽씽 달린다. 바다쪽으로 가려면 도로를 가로질러 가야 하는데 횡단보도는 너무 멀리 있고 육교를 오르내리기는 번거롭다. 코헤이는 포기하고 돌아선다. 도로 건너기가 번거로워서가 아니다. 그 바다와 관련해 너무도 아픈 상처가 있었다. 어느 저녁에 바다로 간 아들 준페이가 다시는 집으로 돌아오지 못했다.

자랑스러운 아들이 떠난 뒤

◇◇◇◇◇

15년 전의 여름날 저녁에 집에 다니러 온 준페이는 현관에 앉아 구두를 닦아 가지런히 두고는 바닷가로 산책을 나갔다. 거기서 그는 물에 빠진 한 소년을 구하기 위해 바다로 들어갔다가 소년은 구하고 본인은 숨지고 말았다. 코헤이와 토시코 부부의 장남 준페이는 전도유망한 의대생이었다. 이후 준페이의 동생 료타는 죽은 형과 비교당하는 것이 불편해 본가를 점점 더 멀리하게 된다. 료타는 초등학생 때까지만 해도 꿈이 의사였다. 아버지에게 인정받고, 형에게 밀리지 않으려는 막내의 생존본능이 그런 꿈을 꾸게 했을 것이다. 하지만 료타는 학교에서 형만큼 좋은 성적을 받지는 못했다.

형보다 더 잘하는 게 있다면 미술이었다. 결국 료타는 형과의 경쟁을 포기하고 자기만의 길을 걸어간다. 아버지 코헤이는 그걸 내내 못마땅해했다. 코헤이는 의사 같은 번듯한 직업이 아니면 인정하려 들지 않았다. 어머니는 료타를 이해해주는 듯했지만 그러나 그녀에게도 벽은 존재했다. 남편과 사별한지 4년이 되었다는 젊은 과부 유카리가 어린 아들을 데리고 료타와 재혼한 것을 어머니는 받아들이지 못하는 것이다. 토시코는 아들 부부에게 친절하고 상냥하게 예의를 다해 대하지만 문득문득 가시처럼 뾰족한 말을 던지곤 했다. 그러나 노부부에게 료타는 살아 있는 유일한 아들이다. 그런데, 죽은 아들에 대한 미련 때문에 살아 있는 아들을 있는 그대로 받아들이지 못하고 있다는 점이 문제다. 사랑하는 그 마음을 보여주지 못하는 것이 아픔이다. '자식이 부모에게 효도하려 하나 부모가 기다려주지 않는다'는 옛말은 오늘날에도 그른 것 하나 없지만, 그 진리를 이 영화는 거울처럼 반사해 보여준다. 부모가 자식을 있는 그대로 받아들이고 사랑을 표현하고자 하나 시간이 무한정 주어지지 않는다.

"다음 설에나 보겠군."

아들네 가족을 배웅하고 돌아서며 코헤이는 아쉬운 듯 중얼거렸다.

설에 보면 형하고 자꾸 비교해서 미안했다고 사과해야지, 더 다정하게 대해줘야지, 하고 늙은 아버지는 다짐했을 것이다. 그러나 같은 시각 돌아가는 버스 안의 료타는 아내에게 이렇게 말하고 있다.

"설에는 안 와도 되겠어. 일 년에 한 번 보면 됐지 뭐."

마음속으로는 후회하는 마음이 들었을 것이다. 자주 찾아뵙지도 않는데 뾰족하게 굴지 말걸, 말이라도 좀 더 따뜻하게 해드릴걸, 하고 말이다. 가족 간 애증은 마감도 결산도 없어서 시간이 흐르고 흘러도 좀처럼 매듭이 지어지지 않는다. 사람이 태어나 자라고 늙어서 죽는 일은 멀리서 보면 너무도 비슷한 패턴의 반복으로 보일지도 모른다. 걸어도 걸어도 끝이 없는 길이지만 그 길을 걸어갈 생명은 다시 태어나고 또 태어나 계속 길을 걸어갈 것이다.

세 남자의 아침 산책

◇◇◇◇◇

온 가족이 모여 장남 준페이의 15주기를 보낸 다음 날 아침에도 코헤이는 산책에 나섰다. 그 산책에 료타와 그의 의붓아들 아츠시가 함께 나섰다. 아츠시는 깡충깡충 즐겁게 뛰어간다. 코헤이는 계단을 내려가는 것이 쉽지 않다. 안간힘을 다해 한 발 한 발 내려가지만 아들에게 힘든 내색을 보이기는 싫다. 료타도 그런 아버지를 배려해 앞서 가던 걸음을 멈춘다. 오지도 않은 전화를 받는 척하며 멈춰섰다가 아버지를 앞세우고 그 뒤를 천천히 따른다. 드디어 큰 길 앞에 왔다. 아츠시는 망설임없이 육교 계단을 올라간다. 할아버지와 아버지가 잘 뒤따라 오는지 확인하면서 바다를 향해 달려간다. 코헤이도 료타와 함께 육교에 오른다. 그렇게 코헤이는 아들과 손자의 기운에 휩쓸려 길을 건넌다. 15년 만에 선 모래밭. 눈앞의 바다는 변함없이 푸르고 망망하다. 시원한 바닷바람의 맛도 여전하다. 한참을 말없이 바다만 바라보고 서 있던 료타가 아버지에게 묻는다.

"요즘 야구 베이스타즈 어때요?"

코헤이가 대꾸한다.

"요즘은 마리노스가 대세지."

료타가 깜짝 놀라 묻는다. 그도 관심이 야구에서 축구로 바뀐지 오래되었지만 부모님은 항상 그가 야구 좋아하던 것만 기억했다.

"아버지가 축구를 봐요?"

코헤이는 언젠가 축구장에 가기도 했다며 언제 아츠시 데리고 셋이 함께 축구장에 가자고 했다. 료타도 그러자고 했다. 참 이상한 일이다. 집 안에서는 서로가 말을 하면 할수록 서로에게 상처가 되었다. 가족끼리 정답게 대화를 해보려 애 쓸수록 엉망이 되고는 했다. 그런데 바다 앞에서-누가 듣고 있는 것도 아닌데-이토록 스스럼없고 평화로운 대화가 이어지고 있다니. 료타는 코헤이가 바라는 모습으로 성장하지 못했고, 아츠시는 친자식이 아니다. 아버지가 바라는 아들이 아니면서, 아들의 진짜 아버지가 아닌 남자. 그는 어디에서 안식을 취할까. 어쩌면 료타만이 아닌지도 모른다. 누군가의 바라는 대로 되지 않는(돼먹지 못한) 자식이자, 자식에게 인정받지 못하는 부모의 모습으로 살아가는 것은. 다들 걸어도 걸어도 끝내 목적지에 다다르지 못하는 길 위를 걸어갈 뿐이다. 그런 게 인생이라고 이 영화는 '걷는 듯 천천히' 말한다. 그러나 어렵게 생각할 필요 없다고 위로한다. 우리에게 필요한 것은, 가끔, 같이 바다에 가는 것 정도라고.

삶 이 라 는　바 다 를

항 해 하 는　나 에 게

오래 준비해온 야심찬 여행 계획이 있었던 것도 아닌데, 돌아보면 2020년은 험난했다. 별것 아닌 일에 감정이 폭발했고, 사소한 돌발 상황에 긴장했으며, 밤마다 내일 일을 걱정하느라 잠 못 이루었다. 지금도 불안하긴 마찬가지다. 지금까지 나와 가족, 가까운 이들이 모두 무사한 것에 안도해야 하나, 아니면 다시 내일 일을 걱정해야 하나 마음이 갈팡질팡한다.

　달라진 것은 아무것도 없다고 오히려 하늘이 맑아져서 좋다고 호탕하게 웃어보아도 불안은 좀처럼 가시지 않는다. 현해탄 건너기가 동생 만나기보다 쉬웠고, 태평양 횡단을 연례 행사하듯 했던, 지난 몇 년간의 자유롭던 외유가 믿기지 않을 지경이다. 개인이 평생 배출하는 탄소량에 한도가 있다고 해도, 내 탄소배출량은 아직 한참 미미한 수준일 텐데, 이렇게 턱 발이 묶이다니 억울한 마음도 들었다.

발밑에 구름, 구름 밑에 까마득히 망망하던 바다를 내려다보던 항공 시점은 이제는 나의 일상과는 멀어져버렸지만, 반면에 확 가까워진 것들도 많다. 요 몇 달 사이 바다를 오른쪽에 끼고 틈틈이 걸었다. 오륙도에서 출발해 국토의 동쪽 해안을 따라 걷는 해파랑길을 한 코스씩 다니기 시작했다. 제주 올레길을 21코스부터 거꾸로 걷는 여정에도 동참했다. 이제 고작 김녕과 함덕을 걸어서 지났을 뿐이지만, 내 생애 최고의 바다 빛깔을 가슴에 담은 그 시간이 기적처럼 느껴진다. 바다의 물빛을 들여다보고, 파도 소리에 호흡을 맞추며 바다 새들의 리셉션에 말없이 배석해 있던 그 순간에, 비로소 내 안의 바다를 느꼈다고나 할까. 소금내가 간간한 바다의 향기를 흠뻑 들이마시며, 한참 만에 만난 가족의 얼굴을 보듯 바다를 그 파란 물을 한참동안 바라보았다.

바다를 오른편에 두고 틈틈이 걷던 몇 달 사이 일어난 변화 중에는 수영 강습을 등록한 사실도 있다. 일곱 살 때 남해해수욕장에서 물에 빠진 기억이 아직도 생생하기 때문인지, 수영 배우기를 여러 번 시도했지만 번번이 실패했었다. 수영장 물에서 약품 냄새가 나서, 물이 차서, 샤워실이 비좁아서 등등 여러 가지 핑계로 포기하곤 했었다. 이번에도 감염병 유행을 기회로 삼았다. 스포츠센터가 한결 한갓진 틈에 제대로 한번 배워보자는 생각이었다. 나 자신에게 수영 배울 기회를 마지막으로 준다는, 자못 엄중한 도전이었으나, 또 실패하고 말거라는 예감을 떨치지는 못했다. 그런데 어쩐 일인지 수압을 느끼며 수영장 바닥에 가라앉는 기분이 그리 나쁘지 않았다. 물이 포근하게 안아준다는 느낌이 들었다. 〈그랑 블루〉를 여러 번 돌려본 때문일까. 물의 압력을 받으며 바다 밑에서 자크가 느꼈을 행복한 고독을 떠올려보기까지 했다. 물론 자크처럼 바다를 음미하기는 내 폐활량이 턱도 없이 부족하지만 어쨌든 시작은 나쁘지 않았다. 시작은 반이 아니라 전부다.

이 책도 시작이 전부였다고 생각한다. 3년 전, 해양 영화를 소개하는 코너의 필자를 찾는 《월간 해군》 배은기 편집장에게 한겨레신문의 이주현 기자가 나를 연결했다. 해군에 대해서도 바다에 대해서도 아는 게 없다며 자신 없어 하는 나에게, 편집장은 "잘 모르기 때문에 자유롭게 다양한 이야기를 해줄 수 있는 거"라며 격려해주었다. 이 원고를 페이퍼스토리의 오연조 대표가 살뜰히 모아 한 권의 책으로 엮을 계획을 세웠다. 그 와중에 우수출판물지원사업에 선정되는 행운이 보태어졌다. 물이라면 질겁을 하고, 해변이라면 신발에 모래 들어가는 것부터 귀찮아서 진저리를 하던 내가 바다와 이만큼 인연을 맺은 걸 생각하면, 사람이 변하기는 어렵지만 서서히 스며들기는 하는 존재라는 걸 인정하게 된다.

배우가 서양인이면 누가 주연이고 조연인지 영화가 끝날 때까지 분간을 못하고, 영상 문법에 어두워서 이야기를 도무지 따라가지 못하던 영상맹이었던 나도 영화의 세계에 조금씩 스며들기 시작하더니, 이제는 영화가 없는 일상은 생각하기 어렵게 되었다.

매주 금요일마다 대안연구공동체의 골방에 모여 온갖 영화를 함께 보아준 금영모 멤버들께 감사를 전하고 싶다. 그들과 함께 보고 이야기 나눈 영화 몇 편이 이 책에 새겨져 있다. 감염병 때문에 텅 빈 극장에서 나 혼자 보았던 영화들도 이 책의 곳곳을 수놓고 있다. 아무도 없는 극장에 홀로 들어서서, 정말 나 혼자뿐인 거냐고 놀라워하며 빈 객석을 스마트폰으로 찍기도 했지만, 나 말고는 관객이 아무도 없었을 때조차도 나는 결코 혼자는 아니었다. 단 한 명인 관객을 위해 발열체크를 하고 입구를 안내해준 이가 있었고, 엔딩 크레딧이 올라가는 시간에 맞춰 돌아와 출구를 열어주고 나가는 방향을 알려준 이가 있었다.

혼자서 할 수 없는 일들로 가득한 세상이기에 우리는 늘 누군가와 함께하며 항상 연결되어 있다. 어떤 밤에는 세상에 나 혼자라는 생각에 사무쳐 눈물지을지라도, 벽 너머 어둠 속에 누군가 함께 있다는 것만으로 나는, 우리는 괜찮을 것이다.

2020년 겨울

이하영

누군가 함께라는 것만으로
우리는 괜찮을 것이다

1판 1쇄 인쇄 2020년 12월 5일
1판 1쇄 발행 2020년 12월 15일

지은이 이하영 | **펴낸이** 오연조
디자인 성미화 | **경영지원** 김은희
펴낸곳 페이퍼스토리 | **출판등록** 2010년 11월 11일 제 2010-000161호
주소 경기도 고양시 일산동구 정발산로 24 웨스턴타워 T1-707호
전화 031-926-3397 | **팩스** 031-901-5122 | **이메일** book@sangsangschool.co.kr

ⓒ 이하영, 2020
ISBN 978-89-98690-58-8 03810

* 이 도서는 2020 경기도 우수출판물 제작지원 선정작입니다.